新 潮 文 庫

波の音が消えるまで

第2部　雷鳴編

沢木耕太郎著

新 潮 社 版

波の音が消えるまで　第2部　雷鳴編◎目次

第1部　風浪編＊目次

第3部　銀河編＊目次

波の音が消えるまで

第2部　雷鳴編

第六章　窓のない部屋

1

リスボアの車寄せから、走り出すタクシーを見送って以来、劉《りゅう》さんはカジノに姿を現さなくなった。劉さんばかりか、李蘭《リラン》までリスボアから姿を消してしまった。僕の部屋に来なくなっただけでなく、通路で回遊する姿も見かけなくなってしまったのだ。

ひょっとしたら、劉さんの具合がひどく悪いのかもしれない。李蘭も、劉さんを家まで送り届けたために、それからずっと面倒を見る羽目に陥《おちい》ってしまったのではないだろうか。

僕はバカラをしていても、ふっと二人のことを考えていることが多くなった。窓のない暗く小さな部屋にパイプだけの古いベッドがある。そこに横たわっている劉さんを、その横に置かれた粗末な椅子《いす》に坐《すわ》って李蘭が見守っている。そんな情景が浮かんでは消えていく。

気になって仕方がなかったが、自分からは何もできなかった。劉さんの家を訪ねようにも火船頭街《フォシュンタウガイ》の付近に住んでいるということしか知らない。マカオの街がそんなに広くないことはわかっていたが、さすがに劉という名前だけで住まいを探せるほど狭くないことくらいは理解していた。劉さんを送っていった李蘭に訊《たず》ねようにも、その李蘭がどこに住んでいるのかもわからない。僕が聞いていたのは、しばらくリスボアのホテル内にイリーナと共同で部屋を借りていたが、そこを出てからはもっと部屋代の安いホテルに移ったということだけだった。

マカオでは売春が犯罪にならない。だから、売春行為をしているというだけで娼婦《しょうふ》たちを取り締まることはできない。しかし、リスボアのホテル内を回遊するためにはひとつだけ条件があった。彼女たちがリスボアのホテルに泊まっていることが必要だったのだ。宿泊客ならいくら通路を歩いていてもホテル側は文句が言えない、というわけだ。李蘭が他のホテルに移ってからもリスボアで仕事ができたのは、リスボアに滞在しているイリーナが、依然として部屋を一緒に借りていることにしておいてくれたからだった。

夜、僕は適当な時間でバカラを切り上げ、カジノの出口から、女たちが回遊しているホテルの通路に出た。

　しばらくすると、青いエナメルの靴を履いたイリーナがやってきた。他の女たちが履いている靴に比べるとヒールの高さが際立《きわだ》っている。長く回遊しなければならない女たちは歩きやすい靴を履いているが、イリーナはすぐに客が見つかるためヒールの高い靴を履くことができるのだ。イリーナには、そうした靴が、ぴったりしたワンピースを着た自分の体の曲線をどのように効果的に浮き立たせるか、金髪好きの東洋の男たちにどのような効果を生むかがよくわかっていた。

「やあ」

　僕が軽く手を挙げて挨拶《あいさつ》すると、イリーナは営業用の取り澄ました表情を和らげて近づいてきた。

「バカラの調子はどう？」

　イリーナは、僕がバカラをするためにマカオに滞在していることを李蘭から聞いているらしい。

「悪くはないよ」

「それはよかったわ」

　そう言ってから、イリーナは僕に訊ねてきた。

「何か用かしら」

「李蘭のことだけど……」

「李蘭がどうかしたの？」

イリーナの声にいくらか緊張したものが混《ま》じった。

「この数日、李蘭に会った？」

「そう言えば、見かけないわね。どうしたのかしら」

「ちょっと用事があるんだけど、李蘭がいるホテルの名前を教えてくれないかな？」

「知らなかったの？」

僕がうなずくと、イリーナはほんのしばらく考えてから言った。

「あなたなら教えてもいいだろうけど、ロルシャス通りの裏手にあるピープルホテルよ」

ロルシャス通りは火船頭街のポルトガル名だ。火船頭街は中国本土に接する内湾に面した通りで、確かにその裏手には安手の小さなホテルの建ち並ぶ一角がある。

「ありがとう」

僕が言うと、イリーナが少し心配そうに言った。

「李蘭、どうかしたの？」

「いや、李蘭じゃないんだ。李蘭の知り合いのことなんだ」

「それならいいけど。李蘭にトラブルを持ち込まないでやって」

イリーナはそう言うと、また回遊している女たちの流れに入り、客を求めて歩きはじめた。

かつて、二人が実際にリスボアで部屋をシェアーしていた頃、イリーナが感染症に罹《かか》った。それをこじらせ、高熱を発して苦しんだとき、李蘭が自分の仕事をそっちのけで献身的に看病したのだという。イリーナはそれを深く恩に着ていた。しかし、イリーナの心配そうな表情には、単にそのときの感謝の念からという以上のものがあった。もしかしたら、李蘭の過去について、僕が聞いている以上の何かを知っているのかもしれなかった。

ピープルホテルはすぐに見つかった。看板に大きく掲げられていたのは「人民賓《ひん》館《かん》」という漢字だったが、その下に拙《つたな》い英語の書き文字で「ピープルホテル」と小さく記されてあった。もしかしたら、正しくは「ピープルズホテル」と表記すべきなのかもしれないという気もしないではなかったが、そのうさん臭そうなたたずまいには、「ピープルホテル」といういい加減な表記の方がふさわしいように思えた。

外から狭いロビーを覗《のぞ》き込むと、いかにも娼婦とわかる女たちが、ソファーに坐ったり壁際で煙草《たばこ》を吸ったりしながら客待ち顔でたむろしている。リスボアの廊下を回遊している娼婦たちに比べると、単に年齢が高いだけでなく、容貌《ようぼう》においてもスタイルにおいてもかなりの差があるように思われる。

フロントとかレセプションとか言うより、帳場と言った方がぴったりするような古いデスクの奥に、あまり眼つきのよくない若い男が坐っている。僕は何度かためらったあとで、ドアを開けてそのデスクに近づいた。

「ここに、李蘭という女性が泊まっていないかな？」

僕が英語で言うと、若い男が鋭い一瞥《いちべつ》を投げかけてから、面倒臭そうに首を振った。英語がわからないという意味なのか、李蘭という宿泊客などいないという意味なのかがわからない。そこで、僕はシャツのポケットからカジノで使われている二色ボールペンを取り出し、青い方の色で左の手のひらに「李蘭」と書いた。それを若い男の眼の前に突き出すようにして見せたが、反応は変わらず、ただ黙って首を振るだけだった。

そのとき初めて、「李蘭」だけでわかるはずがなかったことに気がついた。たとえこのホテルがいかにいい加減な客の泊め方をしているにしても、姓を抜きにして名だけで泊まれるはずはなかった。だが、僕は李蘭の姓を知らなかった。

次の日の夜、カジノからいったん部屋に戻り、その日二度目の食事に出かけようとしていると、ドアが軽くノックされた。

〈李蘭だ〉

僕はドアに走り寄ると、急いでドアを引き開けた。

外に立っていたのはやはり李蘭だった。しかし、いつもならすぐ部屋に入ってくる李蘭が廊下に立ったままだ。そして、僕の顔に視線を向けると、無表情に訊《き》いてきた。

「何か用？」

それが挨拶も前置きもなしのいきなりのものだったので、僕はどう答えていいのかわからず口ごもってしまった。

「えーと……」

「イリーナに聞いたわ。わたしがどこのホテルに泊まっているか訊いてきたって」

「ああ、うん、ちょっと心配になって」

「劉さんのこと？」

「どんな具合かなと思って」

「心配しないで、大丈夫だから」

「それならよかった」

「医者にも診《み》せたし」

「医者に？」

僕はつい硬い声を出してしまった。中国人を装《よそお》っている劉さんが、医者に診せたために面倒なことに巻き込まれなければいいがと思ったのだ。

「大丈夫かな」

「大丈夫？」

李蘭はそう訊き返したあとで、すぐに気がついたように言った。

「ああ、大丈夫。裏の医者に頼んだから」

裏の医者というのが具体的にどのような存在なのかわからなかったが、あるていど想像がつかないこともなかった。いずれにしても、金で沈黙を買うことができる相手なのだろう。

いつもと違い、李蘭はなかなか部屋の中に入ってこない。

「立ち話もおかしいから、中に入らないか」

「そうね」

李蘭はようやく入ってきたが、ソファーに坐ろうとしない。なんとなくよそよそしく感じられるのはなぜだろう。

僕は李蘭に訊ねた。

「どうかした？」

「何が？」

「なんとなく変だから」

「そうかしら」

その言い方が妙に素《そ》っ気《け》ない。

李蘭がこの部屋を訪ねてくるようになって、いつしか僕もその訪問を心待ちにするようになっていた。だが、それは一方的な僕の思いだけでなく、彼女自身もここにいることで他の場所にはない安らぎを得ているのではないかと思うようになっていた。ところが、今夜の李蘭は、それがこちらの勝手な思い込みだったのではないかと不安になるほど素っ気ない。

李蘭はようやくソファーに坐ったものの、心がここにないことは歴然としていた。

〈心はどこにあるのだろう……〉

そうだ、劉さんのところだ。李蘭はこの部屋にいるこの瞬間も劉さんのことを考えている。

すると、小さいけれど鋭い痛みが胸の奥を走った。僕はそれが嫉妬《しっと》というものらしいということに気がついた。

〈劉さんは老人だ。しかも、体を壊している老人だ。李蘭はその体を心配しているだけなのだ……〉

だが、あらためて思い浮かべると、劉さんにはまだ、老人と片づけるわけにはいかない男としての存在感があった。

自分は嫉妬という感情と最も遠くにある存在だと思っていた。バリ島に向かう直前、三年ほど付き合った恋人に体《てい》よく棄《す》てられたときも、新しく現れた相手に嫉妬心は湧《わ》いてこなかった。こういう展開も無理ないよな、としか思わなかった。ところが、たった一度も本当の意味では寝たことのない李蘭の相手に嫉妬心を抱いている。それも、父親のような年代の老人に対して。

僕が自分の思いの中に入ったまま黙っていると、李蘭はソファーから腰を浮かしながら言った。

「ほかに用がなかったら……」

その言葉で我に返った僕は、慌《あわ》てて立ち上がりながら言った。

「ちょっと待って」

僕はクローゼットを開けると、その奥に据えつけられている金属製のセーフティー・ボックスに手を伸ばし、扉についているキー・ボタンで四桁《けた》の暗証番号を押した。0824。八月二十四日。それはストックホルムとアントワープ五輪における水泳種目のゴールドメダリストであり、伝説のサーファーでもあるデューク・カハナモクの誕生日だった。カハナモクは、世界中の人々にハワイという土地を知らしめる最高の民間大使であっただけでなく、サーフィンという遊びを広める最高の伝道師だった。カハナモクは四メートル余という巨大なサーフボードを駆って、世界のあらゆる波に乗ったのだ。

僕はジジジッと音を立てて扉が開いたセーフティー・ボックスから小さなビニール袋を取り出し、その中に入っているカジノのチップを李蘭に渡そうとした。

「これを劉さんに返しておいてくれないか」

すると、李蘭が強い口調で言った。

「いやよ」

それは予想外の言葉だった。

「何だって？」

「いやと言ったの。それはお金でしょ、やりとりのあいだに入るのはいや。自分で返したら」

「どうやって」

「ずっと部屋にいるから、訪ねていけば」

「劉さんの部屋がどこにあるか知らない」

「案内するわ」

「いつ」

「そうねえ……」

李蘭は少し考えるように間を置いてから言った。

「明日の午後、わたしのところに来て」

「君がいるところって、どこ？」

「イリーナに聞いたでしょ」

「人民賓館？」

「そう」

「あそこに泊まっているの？」

「ずっと泊まっているわ」

「フロントの男は、いないって言ってたけど」

「そう。でも、わたしは泊まっている」

そして、李蘭は何かを思い出したのかおかしそうに笑ってから言った。

「部屋は二階の二〇三号室。直接、階段を上がって訪ねてきて」

それだけ言うと、李蘭はソファーから立ち上がり、ドアを開けて部屋を出て行った。

ひとり残された僕は、食事をとるため外に出ることもなく、かといってカジノに戻るでもなく、ソファーに坐ったまま窓の外を眺めつづけた。李蘭は化粧もせず、回遊用の服も着ていなかった。仕事をどうしたのだろう、と考えながら。

2

翌日の午後、人民賓館の重いガラスの扉を押して入り、古いデスクの横にある階段を昇ろうとすると、椅子に坐っていた若い男がまた鋭い視線を向けてきた。しかし、僕に言葉を投げかけることはなかった。李蘭が話をしておいてくれたのかもしれない。

二階には、間違いなく、ドアの上に「203」と書かれた板切れが打ち付けられている部屋があった。

ノックすると、すぐにドアが開いた。そこから狭い部屋の一部が見えた。奥にシングルベッドがあり、濃い灰色のリノリウムが張ってある床にはいくつかの衣装ケースが置いてある。しかし、意外にきちんと片付いているという印象がする。ホテルで長く暮らしていると聞いていたので、もっと生活感あふれる内部になっているのではないかと思っていた。

「待ってたわ」

李蘭はそう言うと、僕を中に招き入れることなく、小さなバッグを手に部屋から出てきた。

階段を降り、ホテルから出ると、先に立って歩きながら細い路地に入っていった。

その周辺には古いコンクリート造りの薄汚れたアパートが林立していた。部屋の窓には、盗みに入られるのを防ぐためか、どこも鉄格子《てつごうし》がはめられている。

李蘭は、そうした建物の中でもとりわけ古い、ほとんど崩れる寸前のような一棟に入ると、暗い階段を上りはじめた。両側の壁は手垢《てあか》で汚れており、電球が切れているのか明かりはついていない。

劉さんの部屋は四階にあった。ドアは鉄製だったが、表札も貼《は》られていなければ、部屋の番号すら出ていなかった。

李蘭がノックしたが反応がない。三度ノックを繰り返すと、ようやくドアが開いた。

そして、李蘭の背後に僕が立っているのに気がつくと、劉さんは不機嫌そうに口を開いた。

「何の用だ」

僕は手に持った小さな透明のビニール袋をかざしながら告げた。

「これを返します」

「何だ」

「先日、僕の部屋に残していったものです」

劉さんは少し眉《まゆ》をひそめるようにしてビニール袋の中身を眼で確かめ、そこにカジノのチップが入っていることがわかると、さらに不機嫌そうに言った。

「それは俺のじゃない」

「劉さんのです」

「いや、もう俺のものじゃない」

「誰のものです」

「おまえにやったものだ」

「困ります」

僕と劉さんが押し問答のようなことをしているのを見かねたのだろう。李蘭が口をはさんだ。

「ちょっと、中に入れてくれない？」

劉さんは一瞬ためらったが、体を開いて、僕たちを中に入れてくれた。

部屋は李蘭のところより狭いはずだが、何もないのでかえって広く感じられる。ベッドと、丸い小さな木のテーブルと、椅子が一脚だけしかない。

あとは造りつけの棚に、コップのような日用品がいくつかのっているだけだ。泥棒が入っても、およそ盗むものなどありそうにないが、窓の外にはやはり鉄格子がはめられている。それが、なんとなく刑務所の独房のような印象を与えていた。

僕はビニール袋からチップを取り出し、テーブルの上に広げた。

「全部で四万三千六百ドルあります」

「いくらでもいい。持って帰れ」

「受け取れません」

すると、劉さんは李蘭の方を向いて言った。

「おまえが持っていろ」

李蘭は首を振り、そんなこと……と言いかけて、すぐに言い直した。

「わかったわ」

そして、テーブルの上に散らばったチップをかき集めると、ビニール袋に戻してバッグの中にしまった。僕にはそのやりとりが劉さんと李蘭の関係の深まりを示しているように見え、胸が痛んだ。

李蘭はそんな僕の感情の動きにまるで気がついていないような軽い口調で言った。

「わたしは失礼するわ」

「どこに？」

僕が内心困惑しながら訊ねると、いくらか投げやりな口調で答えた。

「仕事よ」

そして、付け加えた。

「今日から、またね」

すると、劉さんが李蘭の顔に強い視線を当てた。しかし、李蘭はそれを振り払うようにして、部屋を出ていった。

李蘭がいなくなると、その何もない部屋は、さらに殺風景になったような気がした。

僕と劉さんは黙ったまま立っていたが、しばらくして劉さんがベッドの端に腰を下ろした。それを見て、僕はテーブルの脇《わき》にある椅子に坐った。

劉さんの部屋で二人きりになっているということが僕を戸惑《とまど》わせた。何を話していいかわからなかったので当たり障《さわ》りのないことを口にした。

「体の具合はどうです」

「ああ」

劉さんは気のない返事をした。

「医者はなんて?」

「別にたいしたことは言ってなかった」

そこで話は途切れてしまった。話の接《つ》ぎ穂《ほ》を探しあぐねて、鉄格子のはまった窓に眼をやった。窓の曇りガラスは何年も拭《ふ》かれたことがないらしく、煙草の脂《やに》で濃い黄色に染まっている。それが外からの光を遮断《しゃだん》し、この部屋をどこかの独房のようにことさら暗くしている原因のようだった。

僕がぼんやりしていると、劉さんが唐突に言った。

「やってるか」

「えっ?」

「バカラだ」

考えてみれば、劉さんが僕に「やってるか」と訊ねることでバカラ以外のことがあるはずはなかった。

「ああ……ええ……や、やってます」

僕が慌てた拍子に少しどもるように言うと、劉さんは軽い冷やかしを含んだ口調で言った。

「どうだ」

その質問にはいくつかの答え方があっただろう。まあまあです、でもよかっただろうし、勝ってます、と答えることもできただろう。しかし、僕はもっとも素直な気持を口に出していた。

「難しいですね」

「難しいか」

「ええ、ときどき負けることがあります」

すると、劉さんが鋭く切り捨てるように言った。

「当たり前だ」

僕は自分の言葉の足りなさが恥ずかしくなった。ときどき負けることがありますとは、なんと傲慢《ごうまん》な言い方だったろう。劉さんが言うとおり、それは当たり前のことだった。僕は正確に言い直した。

「ときどき大きく負けることがあります」

劉さんは立ち上がり、棚に置いてある煙草の箱に手を伸ばした。そこから一本抜き出し、使い捨てのライターで火をつけた。一服深く吸い込んでから、けむりを吐き出した。そして、ふたたびベッドに腰掛け、しばらく汚れた壁に眼を向けたまま黙っていたが、やがて静かな口調で言った。

「おまえには致命的な欠陥がある」

致命的な欠陥？

一瞬、何を言われているのかわからず、劉さんの顔を見た。

すると、劉さんもまたひとこと付け加えて正確に言い直した。

「おまえの賭《か》け方には致命的な欠陥がある」

僕はその言葉に驚いた。驚いたのは、劉さんの口から僕に対する否定的な言葉が吐かれたからではなかった。そんな言葉が出てくるほど僕の賭け方を観察していたということに驚いたのだ。そして、その驚きが僕にもたらしたのは、意外にも喜びに近い感情だった。

「どういうことですか」

僕は訊ねた。

「おまえが賭けているところを何度か見たことがある。おまえはいつも同じ負け方をする。大勝ちしている客がいても、そいつに付き従わず対抗しようとする。出目《でめ》が同じパターンで絵を描きはじめても、それに逆らいつづける」

そのとおりだった。僕が大きく負けるときは、いつもそうしたときだった。

「俺が日本にいた頃……」

そこで、劉さんは言葉を切った。思わず口をついて出てしまった自分の言葉に戸惑っているような印象を受けた。そこで話を止めてしまうかな、と僕は思った。しかし、劉さんは顔を斜めに向け、脂で黄色くなった曇りガラスの向こうを眺めるような遠い眼つきをすると、そのまま話しつづけた。

「地下の賭場《とば》で用心棒のようなことをしている奴《やつ》がいた。そいつは元プロのランキング・ボクサーだったから、間違いなく腕っ節は強かったが、実に気のやさしい奴だった。サウスポーで左のフックは殺人的な威力を秘めているとかで、現役時代はちょっとしたスターだったらしい。ところが、もう少しでタイトルに挑戦できるという頃に、格下の咬《か》ませ犬と試合をすることになった。五ラウンドまでに二度のダウンを奪い、いつレフェリー・ストップがかかっても不思議ではない状況になった。六ラウンドに入っても、大勢は変わらなかった。そして、そのラウンドの最後に、得意の左フックで相手の右のこめかみを打ち抜いた。頭が大きく左にねじられ、マウスピースも飛ばされて倒れた。その一発で決着がついた。相手はレフェリーが十までカウントしても立ち上がらなかった。そいつは六ラウンド二分何十秒かでノックアウト勝ちを収めることになった。結果は申し分のないものだった。問題は、相手がいつまでたっても立ち上がってこないことだった。結局、相手は二日後に脳挫傷《のうざしょう》で死んだ。それからそいつは相手の顔面を打てなくなってしまった。そして、しばらくしてリングを去った」

劉さんはそこで煙草を吸い、けむりを吐き出した。

「実際がそんなふうに簡単に整理できるようなものだったかどうかは知らない。だが、俺も、一度だけ、そいつが四、五人のチンピラをあしらっているところを見たことがある。確かに、そいつは絶対に相手の首から上を殴らなかった。まあ、並の奴なら誰でも、そいつのパンチをみぞおちに一発くらったら、それだけで一巻の終わりだったろうから、顔を殴る必要はなかったろうがな。あとで、俺がどうして顔を殴らなかったのか訊ねると、そいつは苦笑いしながらこう言った。顔っていうのは薄い皮膚の下がすぐ骨になってしまうので、素手で殴るとこっちの拳《こぶし》を痛めてしまうんです。なるほど、それで顔を殴らなかったのかもしれない。しかし、俺には、殴らなかったのではなく、殴れなかったように見えた」

僕は劉さんが自分の過去について話すのを初めて聞いた。それはやはり、劉さんが日本で闇《やみ》の世界に深い関わりがあることを物語るものだった。日本にいられなくなり、タイに渡り、マカオに来て偽《いつわ》りの中国人として暮らしている。そうした劉さんの現在には何らかの犯罪がからんでいたことだろうとは思っていた。しかし、僕には劉さんが、いわゆるヤクザだったとは思えなかった。劉さんにはそうした人たちにありがちな卑《いや》しさのようなものが感じられなかった。自分を実際以上に大きく見せようとする虚勢もうかがえない。そして、何より、話し方が知的だった。唯一《ゆいいつ》、そうした世界につながる要素があるとしたら、劉さんの話に威圧感があることだったかもしれない。相手に有無を言わせず受け入れさせてしまう説得力があった。しかし、それは、話し方ではなく話している内容から生まれるものだったと思う。ひとりごとを連ねていくような話し方そのものには少しも威圧的なところはなかった。

劉さんの話を聞きながら、僕は顔面を打てなくなったボクサーという存在を想像してみようとした。ボクシングはテレビでしか見たことはなかったが、そんなに苛酷《かこく》な宿命を背負ったアスリートが存在する世界とは思ったこともなかった。自分の最大の武器が武器にならない。

「いずれにしても、相手の顔面を殴れなくなったボクサーというのは致命的なハンデを背負ったボクサーということだ。わかるか？」

僕がうなずくと、一呼吸置いてから、劉さんは言った。

「おまえもそのボクサーと同じで致命的な欠陥がある。そいつが左フックを振るえなくなってしまったのと同じように、おまえは場の流れに従うことができない」

確かに、僕は場の流れに添うことができない。

「おまえは流れに身を任せられない。その場の客と一緒に同じ流れに乗っていけない。ひとりだけ浮き立ち、全員を敵にまわす。それは……たぶん、おまえが臆病《おくびょう》だからだ」

僕が臆病？　それは他人から僕に向けて直接投げつけられた初めての言葉だった。

「臆病……」

僕は思わず小さくつぶやいてしまった。

「臆病とは、恐怖に負けて行動できないことだ。おまえは場の流れに逆らってひとりで別の道に行こうとする。一見、勇敢に見えなくもない。しかし、それは勇気によって選んだ行動ではなく、恐怖によって選ばされた行動なんだ」

勇気によってではなく、恐怖によって選ばされた行動……。

「おまえは自分を預けられない。誰かに自分を預けることが怖いんだ。中国人は勝っている奴に軽々と自分を預け、そいつを利用しつくすと、また軽々と自分を引き離すことができる」

僕も、中国人たちが、勝っている誰かに乗っていこうとするときの身の軽さや、付き従っていた誰かを捨て去るときの残酷さには、いつも驚かされていた。実際、劉さんの戦いを初めて見たときもそうだった。劉さんが勝ちつづけているときは、場の全員が同じ目に乗ってきていたのに、負けつづけるようになると情け容赦なく捨て去り、逆の目に賭けるようになっていた。

「バカラの台ではみんなで同じ絵を描く。描こうとする。おまえはその絵を一緒に描けない」

「描けないのではなくて、描きたくないんです」

僕が抗弁するように言うと、劉さんが冷たく言い放った。

「同じことだ」

「…………」

「おまえは不可知なものに身を委《ゆだ》ねることができない」

僕には、劉さんの言っていることが、わかるようでわからなかった。不可知のものに身を委ねるとはどういうことなのだろう。

「それはたぶん……」

そこでまた、劉さんは言葉を切って、しばらく考えていたが、いいだろうというように軽くうなずくと話を続けた。

「それはたぶん、おまえには属するものがなかったからだ。小さいときから属するものがはっきりあった奴はどんな曖昧《あいまい》なものにでも自分を委ねられる。委ねたものに裏切られたら、また属しているところに戻ればいいからだ。たとえ、その属していたものがもう存在していなくても、記憶の中のそこに戻ることができる」

小さいときに属するものとは、家族を意味するのだろうか。それとも、地域とか、集団とか、国とかいう、もっと大きいものなのだろうか。

「劉さんには属するものがあったんですか」

僕が訊ねると、劉さんはまったく感情をこめることなく言った。

「あったが、なかった」

あったが、なかった。その意味を考えていると、劉さんはほんの少し柔らかな口調になって言った。

「俺も、中国人と一緒に当たり前のように絵を描けるようになるまで何年もかかった」

「絵って何なんです」

「わからない。あるとき、ふっと出目表に庄《ジョン》と閒《ハン》と和《ウォー》から成る絵が描かれはじめる。するとそれをどんな力でねじふせようとしても無理なんだ。誰にも、いったんそこに浮かび上がりはじめた絵柄を消すことはできない」

僕もそれは感じていた。絵と言い、絵柄と言う。何と呼んでもいいが、いったん出目表に規則的な模様のようなものが浮かびはじめると、いくら逆らっても押し止《とど》められないということが起こる。

庄
閒
庄
閒
庄
閒

場合によっては、それよりもっと複雑になることもある。

庄庄庄
閒閒
庄庄庄
閒閒
庄庄庄
閒閒

劉さんが微《かす》かに口元を崩すようにして言った。

「絵。それは、バカラの神様のようなものが退屈しのぎに餓鬼《がき》を相手にお絵かきごっこを始めたと思えばいい。神様に逆らっても勝ち目はないんだから」

劉さんの口から神様などという言葉が出てくるとは意外だった。しかし、劉さんがその神様の存在を信じているようには見えなかった。

「間違いないのは、いったんそこに絵柄が現れると、誰もが金縛《かなしば》りにあったようにその絵柄から抜け出せなくなる。絵柄を壊そうとしても壊せない。このあいだのおまえのように、な」

そうだ、あのときもまた、劉さんの言う絵柄が描かれていた。

庄
閒閒閒
庄
閒閒閒
庄
閒閒閒

本当に、あのときは眠りの中で金縛りにあったようにどうしようもない自分を感じていた。動こうにも動けない。壊そうにも壊せない。クモの巣に絡《から》まった小さな虫のように身動きが取れなかった。

「必要なのは瞬発力だ。始まるかどうかがわからないときにツラ目に乗るのも、まだ描き切れていない絵柄をそこに見出《みいだ》すのも、瞬発力と眼が必要なんだ。おまえには眼はある。しかし、とっさの判断力がない、瞬発力がない。流れに乗る勇気がない」

しかし、僕に対する否定的な言葉を無感動な調子で並べ上げたあとで、少し間を置いて言った。

「だが、おまえのその臆病さはバカラというものを摑《つか》まえるためには必要なものかもしれない……」

そこには、直前までの確信に満ちた言葉とは違う、ためらいのような響きが混じっていた。しかし、バカラというものを摑まえる、とはどういうことなのだろう……。

僕が考えていると、劉さんが言葉の調子を少し変えて言った。

「絵柄は常に変化する。たとえば、庄、庄、閒、閒、閒、庄、庄、閒、閒、閒、庄、庄と描かれた絵柄に閒が一回現れる」

僕は頭の中でその絵の模様を描いていた。

庄庄
閒閒閒
庄庄
閒閒閒
庄庄
閒

「もちろん、中国人は全員、次も閒に賭ける」

そうだろう。中国人はさらに続けて二回、「閒」に賭けようとするはずだ。

「しかし、そこに庄が出てしまう。ではそこで絵が描かれ終わったのかというと、中国人にとってはまだなんだ。次は庄に賭ける。庄が出たら次は閒だ。もしその閒が三回続けば庄にスイッチする。それが二回続けばさらに閒だ……」

庄庄
閒閒閒
庄庄
閒閒閒
庄庄
閒
庄庄
閒閒閒
庄庄

閒閒閒
庄庄

劉さんの言うとおり、規則的に三回続いていた「閒」が一回だけで終わってしまうと、その「閒」を中心にして、より大きな絵の模様を模索するのだ。心理学で使われるロールシャッハ・テストの絵柄のように、たったひとつの「閒」を中心に左右対称になるまでもっていってしまおうとする。

「だが、彼らは勝てない。彼らが勝てないのは常に絵柄を探してしまうからだ。そんなにいつも大きな絵柄が現れるはずはないのに、常に大きな絵が描かれはじまるのを待ってしまう。待ち過ぎてしまうんだ」

それもまた、バカラの台ではよく見かける光景だった。出目表に絵が描かれはじめたと信じ、その絵柄を追おうとしては裏切られる。絵が中途半端《はんぱ》なまま出目表から消えていってしまうのだ。

「流れに従えない、大勢に従えないというのは、確かに致命的な欠陥だが、大きな武器に変化するものなのかもしれない」

大きな武器……。バカラにそんなものがあるのだろうか。

「本来、流れには誰も逆らえないものなんだ。だからといって、盲従していては勝つことはできない。大勢に従ってさえいれば勝てるものなら、全員が勝てるはずだろう。そうしたら、カジノはすべて破産しているはずだ。流れには逆らえないが、流れにただ従っていては勝てない。従いながら逆らう奴だけに勝つチャンスが訪れるんだ」

従いながら逆らう……。僕は胸のうちで劉さんの言葉をぼんやりと繰り返していた。

「おまえは、逆らえるが、従えない。もし従うことを覚えたら、勝てるようになるかもしれない。おまえの臆病さが何かを摑むかもしれない……」

劉さんはそこで、その何かについてでも考えているかのように黙り込んでしまった。

僕はしばらく劉さんの言葉を待ったが、つい長い沈黙に耐えられず訊ねてしまった。

「劉さんは……臆病じゃないんですか」

劉さんは煙草を口元に運んだまま、じっと動かなくなってしまった。劉さんにとっては答えようのない問いだったのかもしれない。僕が別のことに話題を移そうとしたそのとき、劉さんが言った。

「俺はいちど刑務所に入ったことがある」

そう言われても、僕は少しも驚かなかった。それは窓に鉄格子のはめられたこの部屋が刑務所の独房のように思えていたからだろうか。それとも、劉さんに闇の世界に生きてきた名残《なご》りのようなものを感じていたからだろうか。

「出所の日、迎えの車が高速道路に乗ったとき、恐怖で声を出しそうになった。窓の外の景色がすさまじい勢いで後方に流れていく。運転手にもっとスピードを落とせと何度も言った。最後には、運転手が音を上げた。いま六十キロです、ここでこれ以上落とすと違反になってしまいますってな。まったく笑い話だ」

「どうしてそんなに怖かったんですか」

「刑務所では、空を飛ぶ鳥より速いものを見る機会はないんだ。そんなに速く動くものを見たのは二年ぶりだった。だが、一カ月もしないうちに、俺自身が百キロ以上で運転するようになっていた。そんな恐怖はすぐ慣れる。それは臆病さとは違う。単なる慣れだ。しかし、おまえの臆病さは、体の奥深いところに根差したものによっている。だから、何か大きなものに化ける可能性がある」

僕は劉さんの言葉を聞きながら、日本にいたとき巨匠にいつも投げかけられていた言葉を思い浮かべていた。

「航平《こうへい》は、本気で博打《ばくち》をやれば強いはずなんだけどな」

もっとも、その言葉も、僕の助手生活の後半には、さすがの巨匠も諦《あきら》めたのか、ほとんど口にすることはなかったのだが。

僕は博打に強くなりたいとは思わない。それは以前もいまも変わらない。しかし、いま、バカラにだけは強くなりたいと思っている。いや、強くなりたいというのとは違うかもしれない。劉さんの言う「バカラというものを摑まえ」たいと思っている……。

3

劉さんのアパートを出ると、火船頭街から新馬路《サンマーロー》に出た。

日が暮れはじめているせいもあるのか、セナド広場に近づくにつれて少しずつ人通りが多くなる。

歩きながら、僕は劉さんの言葉を反芻《はんすう》していた。

僕は臆病だ、と劉さんは言う。大きなものに身を添わすことができないのは臆病だからだと。

これまで、ビッグウェーブに立ち向かえなくなってしまった自分に対して、言い知れないもどかしさは覚えても臆病という言葉を当てはめて考えたことはなかった。

もしかしたら僕は本当に臆病なのかもしれない。確かにノースショアーのビッグウエーブを恐れていた。一度叩《たた》きのめされてから二度と立ち向かえなくなった。臆病なのだと考えればすべてがすっきり理解できる。

しかし、微妙に違うようにも思う。どこがどう違うのかはっきりとはわからないが、それは臆病だからというのではないような気がする。

では、何なのだろう……。

歩く人の流れに逆らったり、従ったり、信号待ちをしたり、横断歩道を渡ったりしながらぼんやり考えているうちに、リスボアの前の葡京路《ポウギンロー》に出てきた。

信号が青になり、通りを渡っていると、リスボアの通用口から足早に出てくる村田明美の姿が見えた。

サーモン・ピンクのTシャツに細身のジーンズをはいている。制服を着たところしか見たことのない僕の眼には、その私服姿が新鮮に映った。

「仕事は終わったの?」

僕が少し離れたところから声を掛けると、村田明美はこちらに顔を向け、まあ、というように口を動かしてから、小走りに近寄ってきた。

「これからバカラですか」

「いや、食事でもしようかなと思って」

劉さんの部屋を訪ねるという緊張から解き放たれて、急に空腹を覚えてきていたのだ。

するると、村田明美はパッと顔を輝かせるようにして言った。

「もしよろしかったら、一緒にいかがですか」

「君も、これから食事？」

「ええ」

「迷惑じゃないの」

「いえ、食事はひとりよりふたりの方が楽しいですから」

楽しいですから、という言い方が、僕には本当に楽しそうに響いた。

「ひとりなの？」

「ええ、いつも。だから、あまり楽しくないんです」

「それじゃあ、どこか知っているところに連れていってもらおうかな」

僕が言うと、村田明美は嬉《うれ》しそうに訊《き》き返してきた。

「どんな店がいいですか」

「どこでも」

「和食の店はいかがですか」

そういえば、和食は久しく食べていなかった。朝はいつも「福臨門酒家」だったし、夜はサッカー場裏の屋台街で食べることが多い。毎食、中華料理を食べつづけることに何の不都合も感じていなかったが、村田明美に和食というイメージを与えられると、突然食べたくなってきた。和食の店は、バリ島のレギャンで、サーフィン・スクールのオーナーの後藤さん夫妻に連れていってもらったのが最後だった。数えてみれば、もう三カ月以上前のことになる。

しかし、外国にある日本料理の店というのはどこも値段が高いということになっている。

「高くないの？」

僕が訊ねると、村田明美が白い歯を覗《のぞ》かせて言った。

「わたしがよく行くところは居酒屋のような店ですから」

そこで、僕は村田明美にその「居酒屋のような店」に連れていってもらうことにした。

リスボアの勤務時間のシフトのことや、借りている部屋のことなどを聞きながら水《ソイ》坑尾街《ハンメイガイ》を歩いているうちに、美麗街《メイライガイ》に近づいてきた。

あのあたりに和食の店などあったろうかと考えていると、その一本先の天神巷《ティンサンホン》の通りに日本風のラーメン屋があったことを思い出した。

天神巷の細い路地に入り、二、三十メートル歩くと、ラーメン屋の提灯《ちょうちん》がぶら下がっているところに出てきた。

村田明美は、先になって、その店の横についている階段を昇りはじめた。目的の店は、この二階にあるらしい。

二階に上がり、障子紙を張った引き戸を開けると、そこには日本によくあるような居酒屋風の造りの店があった。

「今晩は」

村田明美が挨拶《あいさつ》すると、カウンターの中にいる顎鬚《あごひげ》を生やした作務衣《さむえ》姿の中年の男性が、背後から入っていった僕にちらりと眼を向けてから言った。

「おや、珍しいね。明美ちゃんが男の人と一緒に来るなんて」

「たまにはいいですよね」

「もちろん、金を使ってくれれば、誰でも大歓迎さ」

飲食店の店主と常連との、どこにでもあるような会話だった。しかし、その店主の声には、村田明美への好意のようなものがにじんでいた。

ビールを注文すると、村田明美が小さな声で言った。

「いつもここで栄養補給をしているんです」

そして、僕に苦手な食材はありますかと訊《たず》ねてくれ、何もないと答えると、おいしいと思うのでと言いながら、三品ほど料理を注文してくれた。

運ばれてきた日本のビールで乾杯した。僕が大きめのグラスに注がれたビールを一気に半分ほど飲むと、村田明美もおいしそうに三分の一ほどを飲んだ。そして、僕の眼を見つめると、悪戯《いたずら》っぽく言った。

「わたし、伊津《いづ》さんのこと知ってます」

「知ってる？」

信じられなかった僕は、さらに言葉を重ねて訊き返した。

「僕のことを？」

「ええ。カメラマンですよね」

僕は、名前を言えば誰でも知っているというようなカメラマンではない。それは自分でもよくわかっている。どうして知っているのだろう。

訊ねようとすると、先に村田明美が口を開いた。

「写真展を見たことがあります」

業界内の人物でも僕の写真展を見たという人はさほど多くないはずなのに、異国で出会った女性に、しかもまったく異なる業種の若い女性に見たと言われたことで二重に驚かされた。

写真展は二度開いているが、どちらの写真展だったのだろう。

「どこで？」

「銀座で待ち合わせをしていて、早く着きすぎてしまったことがあったんです。時間までぶらぶらしていようと思って歩いていたら、写真サロンで展覧会のようなものをやっていて、何の気なしに入ったんです。それが伊津さんの写真展でした」

それなら女の裸の写真展ではない。

仕事でパリに行き、すべてが終わってから三日ほど滞在する時間が作れた。その最後の日、レアールの市場近くのカフェで一休みしているとき、ふとここを定点として、この対角線上にあるカフェに出入りする人を一日中撮ったらどういうことになるのだろうと思った。対角線上のカフェの前にはテラス席があり、そこで新聞を読みながら長い時間を過ごしている老人もいたし、よほど親しい関係なのかひとりでいる中年の男性の前の席に挨拶もなくすっと坐《すわ》る若い女性がいたりする。

僕はカメラを取り出すと、まったく同じアングルで、ほぼ十分おきにシャッターを切りつづけた。

結局、そのカフェには正午近くから宵の口まで六、七時間ほどいることになったのだが、店の若いウェイターも僕のやっていることがわかると面白がって協力してくれたものだった。前のテーブルに誰かが坐ると、カメラを持っている僕を軽く顎で示し、体を避《よ》けてあげなというように助け舟を出してくれる。もちろん、僕もそこにいるあいだエスプレッソを何杯となく飲まなくてはならなかったが、カメラで切り取られるカフェの空間と時間が積み重なるうちに、何かを物語りはじめるのを感じて興奮したものだった。

写真展では、小さな会場の三つの壁に写真を撮った順に並べていき、中央に座面と背を籐《とう》で編み込んだパリのカフェによくあるような椅子《いす》を何脚か置いてもらった。会場を訪れた人には、その椅子に坐って写真を見てもらう。そうすると、僕がパリの市場の近くのカフェで見ていた風景を、同じ時間の流れの中で一緒に見てもらえることになる。

「椅子に坐って見ていたら、不思議な気持になってきました」

村田明美が言った。

「どういう？」

「最初はとても寂しくなりました。わたしはひとりなんだなあって。でも、しばらく見ていると、みんなひとりなんだなあって思えてきて、なんだか元気が出てきました。ひとりなんだけど、みんなああやって生きているんだなあって」

それは僕がそのカフェで感じたのとまったく同じ思いだった。撮りながら、人間というものがいかにバラバラな存在であるかということを強く感じていた。カフェの椅子という間近なところに坐りながら、互いが互いにまったく関心を向けない。ひとりはひとりなりにひとりであり、二人は二人なりに向かい合っている相手のひとりから、どこか遠い。しかし、そのバラバラな存在である人間が、それぞれに、それぞれの思いを抱いて生きている。それはなんだかすばらしいことのように思えた。だから、その写真展のタイトルを「それぞれの／パリの一日」としたのだ。

しかし、それを見た当時の恋人は「難しすぎてよくわからない」とあまり興味なさそうに言っていたし、最終日に写真展の会場に姿を現した巨匠には、その晩、酒を飲みながらこんなことを言われてしまった。

「あんな頭でっかちの写真を撮っていたら駄目だよ。写真というのは頭が少しよければそこそこ撮れる。でも、若いうちはもっと肉体を使って撮らなけりゃいけないんだ。ヘッドワークで撮るのはもっと齢《とし》をとってからでいい」

多くの人の感想は否定的なものばかりだった。ひとりよがりの作品だというのはまだいいほうで、中には、あからさまに、君はヌードを撮っていればいいのだと面と向かって言う人さえいた。だから、村田明美のような感想は僕が初めて耳にするものだった。

「その感想は、なんだかとても嬉しいものだな」

僕が素直に言うと、村田明美が明るい口調で言った。

「それから伊津さんの写真が出ている雑誌をよく見るようになりました」

「手に取るのが恥ずかしくなかった？」

「コンビニで立ち読みばかりしていましたけど、結構、まわりの男性に妙な眼で見られました」

「だいたいが若い男が読む雑誌だからね」

「でも、伊津さんのヌード写真はあまりいやらしさを感じませんでした」

「それが問題でね。おかげで売れっ子になれなかった」

僕が笑いながら言うと、村田明美が不思議そうに訊ねてきた。

「どうしてですか」

「僕は人のためになる写真が撮れなかったんだよ」

「人のため？」

「若者の性的な行為の補助食材になるようなもの」

「ホジョショクザイ？」

「僕の嫌いな言葉だけど、俗にオカズとか言われている」

少し考えていたが、意味がわかったのか、パッと頬を紅潮させた。

「そんな写真は撮らなくていいです」

実際、僕が撮ったヌード写真で若者がマスターベーションをするのはかなり難しかったのではないだろうか。

僕たちがそんな話をしていると、店にひとりだけいる中国人の女性店員が料理を運んできてくれた。

最初の皿には薩摩揚《さつまあ》げのような練り物を軽く火であぶったものがのっており、あとからの皿には刺し身の盛り合わせがのっていた。

僕は小皿に醤油《しょうゆ》を注ぎながら、話の接《つ》ぎ穂《ほ》というくらいの軽い調子で村田明美に訊ねた。

「それで、待ち合わせの友達とはうまく会えたのかな」

すると、意外にも、ふっと表情を曇らせて黙ってしまった。もしかしたら悪いことを訊いてしまったのかもしれない。しかし、村田明美はすぐに明るい表情を取り戻して言った。

「会えました」

「それはよかった」

「でも、その晩、その恋人に棄《す》てられました」

「棄てられた？」

「使い捨てのライターみたいに、ポイと」

そう言うと、自分で笑い出しながら言った。

「ずいぶん陳腐な言い方でしたね」

それで、僕も笑いながら言うことができた。

「うん、かなり陳腐」

「ライターでも、煙草でも、ティッシュペーパーでも、何でもいいんですけど、そんなものを棄てるように棄てられました」

「そんなはずじゃなかったのに？」

「ええ、その日はわたしの誕生日でした。おかげで人生最悪の誕生日になってしまいました。最悪で最低！」

わざとどぎつく言っている。しかし、僕にはそれがまるで幼児が汚い言葉を使って力み返っているように響き、むしろ微笑《ほほえ》ましく聞こえた。

「それで？」

「一晩泣きました」

「それからマカオに来た？」

「ええ、スカウトされたんです」

「もともとホテルに勤めていたの？」

「そうなんです。ホテルが好きで」

言われてみれば、村田明美は客と接するホテルの仕事にとても向いているように思える。過剰ではないやさしさと明るさがある。

「でも、なんでマカオだったの」

「広東語《カントン》が少し話せたので」

「どうして広東語が？」

「香港の大学に留学していたんです」

「香港に？　珍しいね」

「香港の映画が好きだったんです」

「それで留学までしてしまったの」

「ええ。どうせだったら字幕なしで見たかったんです」

「もしかしたら、君を棄てた相手というのも香港の男？」

するとと、村田明美は少し驚いたように眼を見張り、言った。

「とてもいい勘をしていらっしゃるんですね」

「でも、どうして……」

そこで僕が言い淀《よど》むと、村田明美があとを引き取って口にしてくれた。

「棄てられたか？」

「うん」

僕がうなずくと、村田明美は一瞬黙ってから、言った。

「……泣いてもいいですか」

「えっ？」

僕は村田明美の唐突な言葉に戸惑った。

「理由を話し出すと、わたし、泣きます、きっと」

僕は慌《あわ》てて言った。

「いや、無理に話さなくても……」

話の流れで、どうして、と訊いてしまったが、何が何でも知りたいということでもなかったからだ。

「でも、いいんです」

そう言うと、村田明美は話しはじめた。

「彼は留学先の大学のクラスメートで卒業後は香港の銀行に勤めていました。わたしは日本に帰ってホテルに勤めていたので、いつもは二日続きの休日が取れるときにわたしが香港に行って会うという付き合いを続けていたんですけど、その誕生日には、彼が日本に来てくれるということになったんです。もしかしたら、婚約指輪でも持ってきて正式なプロポーズをしてくれるのかなと思っていました。それまでも、なんとなく結婚をしたいという意味のことをほのめかされていましたから。ところが、その夜、ディナーが終わって、ホテルのバーで飲んでいるときに言われたのは、別れの言葉でした。君と結婚したいと思っていたが、家に帰っても外国語のような中国語でしか会話できない相手と一生暮らすのはどうかと思うようになったと言うんです。わたしが母国語のように中国語を話せないなんていうことは最初からわかっていたはずじゃない。そう言おうと思いましたけど、相手の気持がもうどうにも動かないほど固まっていることは、ディナーのときから何となく感じていました。涙が流れそうになるのをグッと我慢して、わかったわ、さようなら、と平静に言って、そのバーを出てきたんです」

そこまで話すと、村田明美が急に明るい声になって叫んだ。

「あっ、泣きませんでした。不思議」

「マカオに来たのは彼を追いかけて？」

「そんな風に見えます？」

「見えない」

「あとを追ってきたんじゃないんです」

「では、どうして」

「あの人のことを思って、遠くでクヨクヨ考えてるのがいやだったんです。すぐ近くにいて、きっぱり忘れることにしたんです」

「潔《いさぎよ》いね」

「女らしさが足りないんです」

「いや、そんなことはない。すごくかっこいいよ。それで忘れることができたの」

「ええ」

「きっぱり？」

「きっぱり！」

そう言って、村田明美は嬉しそうにふふっと笑った。

「それにしても贅沢《ぜいたく》な奴《やつ》だね」

僕が言うと、うまく意味が取れなかったらしく、小さく訊き返してきた。

「えっ？」

「君みたいな人を棄てるなんて」

「ありがとうございます」

おどけたように頭を軽く下げてから、こう付け加えた。

「でも、わたしもそう思います」

僕にはそのストレートさが気持よかった。そのせいだったか、あるいは久しぶりの日本のビールに酔ったのか、僕は滅多に人にしたことのない話を口にしていた。

「僕も棄てられたことがある」

「まさか」

村田明美が信じられないというように言った。

「それも二度」

「恋人に？」

「恋人に一度、母親に一度」

母親に一度という台詞《せりふ》を聞くと、村田明美は少し表情を硬張《こわば》らせるようにして僕の顔を見た。

そのとき、自分は母に棄てられたと思っていたのか、と気がついた。もしかしたら、そう思うことを自分に禁じていたのかもしれない。しかし、間違いなく、母は僕を棄てて男と駆け落ちしたのだ。

「中学二年のときに僕を置いて母親が家を出ていったし、バリ島に向かう前に恋人に棄てられてしまった」

「恋人の方はどうして離れていったんですか」

村田明美は注意深く棄てられるという言葉ではなく、離れていくという言葉を使った。

あれは僕がバリ島に行くことを初めて告げたときだった。彼女は驚きのあまり黙り込んでいたが、しばらくすると軽く溜《た》め息《いき》をついて言った。

「まさに、何処《いずこ》へ、ね」

僕は彼女が何を言おうとしているのかよくわからないままに訂正した。

「行く先はバリ島と決まっているんだよ」

すると、彼女が逆に不思議そうに訊き返してきた。

「だから、いずこへ、でしょ？」

「どういう意味？」

「本当にわたしの言っていることがわからないの？」

「わからない、まったく」

「あなたの名前じゃない」

僕は途方に暮れた。彼女がいったい何を言っているのかまったくわからず、まるで言葉の通じない異星人と話しているような気分になりかけた。

「僕の名前がどうかした？」

「驚いた。気がついていなかったの？」

「何を？」

「伊津航平、イヅコウヘイ、イズコーヘー、何処《いずこ》へ。あなた、名前のことでそんなふうに友達にからかわれたことなかった？」

「なかった……」

彼女に言われて初めて気がついた。確かに、伊津航平という名前は何度も発音しているうちに「何処へ」に近いものになっていく。僕の名前の中には騙《だま》し絵のようにひとつの言葉が隠されていたのだ。

僕の名前は父がつけた。子供が生まれることに冷淡だった父が、男の子が生まれたと知ると母に相談もせず勝手に名前をつけ、さっさと出生届けを出してしまったのだという。

名前をつけた父には、騙し絵のような言葉が潜んでしまっていることがわからなかったのだろうか。いや、あの慎重で細心な父にわかっていなかったはずがないように思える。

気づいていながらつけたのだとしたら、「何処へ」という言葉には父のどのようなメッセージが込められていたのだろう。自分が果たせなかった自由への「夢」か、それとも一所不住の僕の未来を「予見」するものだったのか。箸《はし》と鉛筆の持ち方のまずさを指摘するとき以外、僕とほとんど口をきこうとしなかった父を思うと、それが自身の「夢」を込めたものとは思えなかった。

写真を放棄してバリ島に行こうとする僕に対して、元の恋人は失望して僕の名前の中に存在する騙し絵のような言葉を口にしたのだろう。そのとき、すでに心は離れはじめていたのだ。

「きっと呆《あき》れたんだろうな」

僕はそのときの驚きと諦めがないまぜになったような恋人の表情を思い浮かべながら言った。

すると、村田明美がさっきの僕の口調を真似《まね》て男っぽく言った。

「贅沢な奴だ」

それを聞いて僕は思わず噴《ふ》き出してしまった。そして、何だかとても幸せな気分になってきた。

「いい齢をしていつまでふらふらしてるんだろう、いい加減にしてよって思うようになったんだろうな」

「どうだろう。君もふらふらしているの？」

「ふらふらしているのはいけませんか」

「ふらふらしています。あのホテルにもあまり長くいないかもしれませんし……」

「どうして？」

「最近、とても安全だったマカオも、少しずつ危険になってきて」

「へぇー、そうなの」

「ええ、マフィアというのか、黒社会というのかよくわかりませんけど、このあいだの香港の復帰や、これからのマカオの復帰を見越してのことなのか、香港とマカオと中国本土のそういう人たちが勢力争いを始めてしまったらしいんです。何度も拳銃《けんじゅう》の撃ち合いがあって、このあいだも死者まで出て」

そんな状況になっているとは知らなかった。

「そういうマカオの治安の悪化を心配して、香港からのお客さんがとても減ってしまったんです」

「なるほど」

「それに、あのホテルでは日本人のお客さんが重要ではなくなっているんです」

「そう言えば、あまり日本人の客を見ないね」

「新館の五階に特別室があるんです。カジノで大金を遣《つか》ってくれる上得意の客を無料で泊めるスイートが。以前は、そこに泊まるのは日本からのお客さんが多かったらしいんですけど、いまではもうほとんど台湾からのお客さんになっています」

「日本語をあまり必要としなくなっているんだね」

「ええ……それに、わたしじゃなくても、あるていど話せる人なら地元の出身者の中に何人もいますから」

「もしかしたら、君はマカオがあまり好きじゃないのかもしれないね」

「そうなんです。カジノホテルで働いているというのに、ギャンブルをするお客さんの感じがどうしても好きになれないんです」

「カジノが嫌い？」

「正直に言えば嫌いです」

「カジノが嫌いだったら、マカオにいることはつらいかもしれないね」

「つらいというほどのこともないんですけど……マカオで、カジノ以外にどこか素敵なところがありましたか」

そう言われて、村田明美の言うような「素敵なところ」というのがどこにあっただろうかと考えた。当然、彼女も聖パウロ学院教会には行っているだろう。マカオの西側の丘にあるポルトガル風の屋敷街も歩いたことがあるだろう。それ以外にどこか「素敵なところ」があっただろうか……。

そのとき、ふと、思い浮かんだ場所があった。

「聖パウロ学院教会の裏手に当たるのかな、西洋墳場というところがある」

「セイヨウフンジョウ、ですか」

「ポルトガル語ではセミテリオ・デ・サンミゲルというらしいんだけど、カソリックの墓地」

「墓地……」

「そこがマカオの市街地には珍しくとても静かでね」

僕が言うと、村田明美は興味深そうにつぶやいた。

「静か……なんですね」

「うん。墓には墓碑とは別に天使なんかの白い像が立っていて、全体的に明るいんだ。中央には小さな礼拝堂もある。たいしたデザインじゃないけど、綺麗《きれい》なステンドグラスがはめられていてね。そこにいるとなんだか気持が休まるような気がするんだ」

「そうですか。そんな素敵なところがあるなんて、知りませんでした」

僕も知らなかった。劉さんのあとをついていったらそこに行くことになっただけだったのだが、それについては触れなかった。

「マカオにも、わたしが知らないだけで、いいところはあるのかもしれませんね」

「そうだよ。まだまだマカオにいたら」

「ええ、でも……そろそろ……」

「すると、しばらくしたら日本に戻ろうかなと思っているの？」

「日本かどうかはわかりません。上海《シャンハイ》のホテルから誘いもありますし……」

そこまでいくらか沈んだ調子で話すと、ごめんなさい、と小さく口の中で言ってから、話題を変えるように訊ねてきた。

「バカラをいつまで続けるんですか」

「わからない」

「ずっと？」

「もしかしたら」

「写真は撮らないんですか」

「カメラを持ってこなかったんだ」

僕が言うと、村田明美が声を上げた。

「ほんとですか！」

「バリ島でも、一枚も撮らなかった」

「ということは……」

「ここ一年、まったく写真を撮っていない」

「そんな、もったいない。ぜひ写真を撮ってください」

「うん……」

「撮りたいものはないんですか」

ある。ひとつだけある。それは李蘭の体だった。背中に蛇のような疵《きず》のある李蘭の白い体。しかし、それを村田明美に正直に言うわけにはいかなかった。

「伊津さんのファンもそう思っているはずです」

僕にファンなどという存在がいるとは思えなかったが、気にかけてくれている人は何人かいただろう。それでも、バカラを捨てて写真のために日本に帰る気にはなれなかった。

4

そこに店の女性が牡蠣《かき》フライをのせた皿を運んできた。横にキャベツの千切りも添えられている。そういえば、パン粉をつけてカリッと揚げた「洋食」というのは、日本独特の「和食」なのかもしれない。一緒に運ばれてきた日本製のソースをかけて食べると、懐《なつ》かしい味が口に広がった。

「おいしいね」

思わず、感嘆の声を上げると、村田明美も嬉しそうに言った。

「そうですか。よかった。熱いうちに食べましょう」

村田明美の言葉に従い、僕はビールを飲みながら、山盛りの牡蠣フライをひとつずつ平らげていった。

キャベツの千切りも含めて皿が空になると村田明美が言った。

「料理がのっていたお皿がきれいになると、なんだか幸せな気持になりませんか」

そう言われると、確かに空になった皿が輝いて見えるような気がしてきた。

「ほんとだ」

最後にマグロのづけ丼《どん》というのを貰《もら》って食べると、心の底から充足感で満たされた。

日本茶を飲みながら村田明美が訊ねてきた。

「日本にはいつ戻られるんですか」

「さあ……」

一度はそう言ったが、その直後に自分でも意外なことを口走っていた。

「バカラという博打がどんなものなのか腹の底から理解できたら……かな」

すると、村田明美がどこか困惑したように言った。

「バカラって、そんなに面白いんですか」

「面白い」

「わたし、ギャンブルって、あまり好きじゃありません」

「どうして」

そう言いながら、村田明美なら博打が好きなはずないなと思っていた。彼女のような性格なら、と。しかし、村田明美とこんなに長く話したのは初めてなのに、すっかり性格が呑《の》み込めているような気になっているのが不思議だった。

「自分の力でどうしようもないことに精力を傾けるなんて、虚《むな》しすぎます」

「いや、自分の力でどうにかできるかもしれない」

「そんなこと、可能でしょうか」

「確かに不可能と思われている。でも、わからない」

その言い方は自分でも驚くほどきついものになってしまった。村田明美はどう反応していいかわからなかったらしく、一瞬黙り込んでしまったが、すぐに話題を変えるように訊ねてきた。

「あのおじいさんと親しいんですか」

劉さんのことを言っているらしい。

「親しいというほどではないけど、知り合いでね」

「あのおじいさんのことを、このホテルに入ったばかりの若い男性が邪険《じゃけん》に扱うと、先輩の男性がこんなことを言ってました。ウム・サイ・レイ・コイ」

「どういう意味？」

「あの男に手を触れてはいけない、そっとしておくんだって」

言われてみれば、それはカジノにおけるディーラーたちの態度に共通するものでもあった。

僕は村田明美にボールペンを渡し、テーブルの上にある紙ナプキンに漢字で書いてもらった。

唔使理佢 そっとしておくんだ

いったい、劉さんは何者なのだろう……。

村田明美がトイレに行っているあいだに勘定を済ますと、あとで真顔で叱《しか》られてしまった。ここは、わたしがお連れしたところなのだから、自分に払わせてほしかった、というのだ。

その言い方がなんとなく男っぽかったので、ついからかいたくなってしまった。

「そんなこと言ってると男の子にいやがられるぞ」

すると、こちらが困惑するくらいしおらしくなって言った。

「やっぱり、そうでしょうか」

「いや……」

「どうもわたしにはそういうところがあるらしくて」

「いや、僕は嫌いじゃないけどね」

「それじゃあ、今度は絶対わたしに払わせてください」

村田明美がそう言ったとき、反射的に僕はこう口走っていた。

「今度とお化け」

村田明美は意味がわからずキョトンとしている。口走ってしまった僕も自分で驚いていた。それは巨匠の口癖だったからだ。助手の僕たちや出入りの編集者たちが「今度」という言葉を使って何かの弁解をすると、すぐに切り返される。

「今度とお化け」

そして、さらにこう続けるのだ。

「そんなものは出たためしがない」

言われる僕たちも、巨匠が会話にメリハリをつけるために用いる合いの手の一種だと聞き流していたが、まさか自分が口にするようになるとは思ってもいなかった。

そこで村田明美に言葉の由来を説明すると、初めて耳にする言葉だったらしくとても面白がってくれた。

「今度とお化け、ですね」

そして、固い約束をするかのような口調で言った。

「伊津さんの先生に、その言葉が間違っていることを証明します」

僕はなんだか心楽しくなってきた。

「そうだね、それがいい」

すると、村田明美も笑いながら言った。

「ええ、絶対に、今度」

第七章　雷鳴

1

翌日の夕方、僕は村田明美が連れていってくれた天神巷の居酒屋に足を運んだ。そこで、土産《みやげ》用の寿司折《すしおり》を作ってもらおうと思ったのだ。

前夜、村田明美と飲んでいるとき、マカオに住んでいるらしい日本人客のひとりが土産用の寿司折を作ってもらっているのを見かけた。店主に、誰にでも作ってくれるのかと訊《たず》ねると、もちろんですという答えが返ってきた。

昼間、バカラをしているとき、ふと、あの寿司を劉さんに届けてあげたらどうだろうと思いついた。少し馴《な》れ馴《な》れしすぎるかもしれないというためらいがなくはなかったが、中国人として用心深く生きているらしい劉さんにとって和食は何年と縁のないものであるはずだった。数カ月ぶりに食べる和食に自分でも意外なほど心を動かされたのだ。何年ぶりかの寿司を前にしたら、体のどこかを深く病んでいるように思える劉さんも喜んで食べてくれるかもしれない……。

カウンターで、出してくれた茶を一杯飲んでいるあいだに、店主は手早く一人前の寿司折を作ってくれた。

劉さんの住むアパートの部屋の前に立ち、軽くノックをしたが返事がない。しかし、今度も三回ノックすると、中から劉さんの声が聞こえてきた。

「＊＊＊＊」

「伊津です」

すると、しばらくしてドアが開いた。

「何の用だ」

ほんの少し開いた扉の隙間《すきま》から顔を覗《のぞ》かせた劉さんが不機嫌そうに言った。

「これを持ってきました」

それを渡せばすぐ帰るつもりだったが、折詰めに眼をやった劉さんは、一瞬、戸惑《とまど》ったような表情を浮かべてから、ゆっくり扉を開けて言った。

「入れ」

僕はいいのだろうかと躊躇《ちゅうちょ》しかかったが、言われたとおり中に入れてもらうことにした。

劉さんがベッドの端に腰を下ろしたので、僕は前日と同じように部屋にひとつしかない椅子《いす》に坐《すわ》らせてもらった。そして、折詰めを小さな丸いテーブルの上に置いた。

「もしよければ食べてくれませんか」

劉さんは依然として中途半端《はんぱ》な表情を浮かべている。僕は劉さんがそのような曖昧《あいまい》な顔をするのを初めて見るような気がした。無表情か、人をからかうような皮肉な表情しか見たことがなかったからだ。

「昨日の夜、この店で和食を食べたら、なんだかとてもおいしく感じられたので、折を作ってもらったんです」

そう言ってから、訝《いぶか》しげな表情を浮かべている劉さんを見て、慌《あわ》てて付け足した。

「あっ、これはさっき作ってもらったばかりですから、心配しなくて大丈夫です」

「別にそんなことはどうでもいいが、それは何だ」

「寿司です」

「そうか」

その言い方には微妙な屈折が感じられた。ストレートに受け入れるのでもなければ拒絶するのでもない。僕は少し心配になって訊ねた。

「寿司は嫌いですか」

「そんなことはない」

そこで会話は途切れてしまった。劉さんが自分の思いの中にふっと入ってしまったからだ。僕はそこから劉さんが出てくるのを待つより仕方がなかった。

しばらくして、劉さんが言った。

「あの墓地でおまえが初めて俺に声を掛けてきたとき、何と言ったか覚えているか」

突然どうしてそんなことを訊《き》くのか不思議だったが、思い出すまでもないことだった。

「日本人か、と訊ねました」

「違う、そうじゃない」

僕は劉さんが何を否定しているのかわからなかった。その前に何か言っただろうか。いや、そんなはずはない。僕をまるで物を見るかのような視線で眺めていた劉さんを驚かそうと、いきなり日本人ですねと言ったはずだ。

「日本人ですね、と言ったはずですけど」

「いや、おまえは、日本の方ですね、と言った」

「あっ、そうでした」

しかし、日本人でも、日本の方でも、同じことのはずなのに、どうしてそんなことにこだわるのだろう。

すると、劉さんが言った。

「おまえは、どうして、日本人か、と訊かなかったんだ」

「たぶん、いきなり日本人ですね、という言い方をするのは無礼すぎると思ったんじゃないでしょうか」

「もし、おまえが日本人かと訊いてきたら、俺は返事をしなかったろう」

「どうしてです」

僕が理由がわからずそう訊ねると、劉さんは少し間を置いてから言った。

「俺は、日本人じゃないからだ」

僕は思わず劉さんの顔を見た。しかし、冗談を言っているような表情ではなかった。劉さんは鉄格子《てつごうし》のはまっている窓の方に顔を向けている。その横顔は、どう見ても日本人にしか見えない。だが、劉さんはもういちど駄目を押すように言った。

「俺は朝鮮人だ」

僕はなんと反応していいかわからず黙り込んでしまった。

「在日だ。父親も母親も朝鮮の北からやって来た在日の一世だ。二人とも国籍を変えようとしなかったから、俺も朝鮮人ということになる」

　劉さんは日本人ではなかった……。僕は、それがどういうことを意味するのかわからないまま、ただ茫然《ぼうぜん》と劉さんの顔を見つめるしかなかった。

「おまえは俺に向かって、日本人か、ではなく、日本の方か、と訊ねた。俺は日本人じゃないが、生まれも育ちも日本だ。朝鮮の方、でもなければ韓国の方、でもない。好むと好まざるとにかかわらず、日本の方、でしかないんだ」

　日本の方という僕の言い方には、そんな微妙な意味がこもってしまっていたのだ。

「日本人でもなければ、厳密に言えば朝鮮人でもない。日本に生まれ、日本に住み、日本に暮らしていた、日本の方、であるにすぎない」

　僕が父には二つの家があったという話をしたとき、ふと、劉さんもまた二つの家を持っていたのではないかと感じたことを思い出した。家というのでなければ、心を二つにしなければならない何かがあったのでは、と。

「おまえが想像したとおり、ここ十年以上、寿司は食べていない。日本の食べ物に焦《こ》がれ死にするというほどではないが、ときどき思い出すことはある。だが、それは日本人としてではない。まさに、日本の方、としてだ」

　僕は劉さんの言葉をどのように受け止めればいいのか判断ができないでいた。劉さんは日本人でないという。朝鮮人だという。そのことがこのマカオで、僕と劉さんとの関係において、どのような意味を持つのかわからなかったのだ。しかし、少なくとも、僕が寿司折を持っていったことが劉さんの胸の奥にあるものを吐き出す契機になったらしいことは理解できた。日本人でもなく、朝鮮人でもない、「日本の方」である劉さんにとって、わざわざ自分に寿司折を持ってきた僕の行為が、二重、三重に屈折して胸の奥にあるものをかき乱したのだ。

2

このまま持って帰ろうかな、と思いかけた。すると、その心の動きがわかったかのように、劉さんが言った。

「ありがたく頂戴《ちょうだい》するよ」

劉さんは立ち上がると、棚に置いてある煙草《たばこ》の箱を手に取り、そこから一本抜き出した。

火をつけ、軽くけむりを吐き出してから僕の方を向いた。そして、僕の顔をじっと見たあとで、はぐらかすように言った。

「だいぶ日焼けの色が薄くなってきたな」

その言葉にいくらか緊張が解けた僕は笑いながら言った。

「そうですか」

「最初の頃は真っ黒だったが」

「そうかもしれません」

「なんでそんなに焼けてたんだ」

「サーフィンです」

劉さんにはその答えが意外だったらしい。

「サーフィンか」

「マカオに来る前に、一年ほどバリ島にいました」

「それがおまえの仕事なのか」

「いえ、仕事は……カメラマンでした」

「でした？」

「ええ、やめました」

別にスポーツ選手のように引退を宣言したわけではなかったが、もう二度とこの世界には戻らないだろうという気持を抱いて日本を出てきていた。

劉さんはなぜと訊ねるかわりに、何かを思い出すようにつぶやいた。

「サーフィンとカメラか……。俺にはまったく縁のないものばかりだ」

その言葉を耳にしたとき、僕もまたそれらがまったく縁のないものだったように思えてきた。遠いもの、遠い過去のものだったように。

しばらくそれぞれの思いの中に入っていたため沈黙が続いた。しかし、僕にはそれが耐えられないものとは思えなくなっていた。劉さんと沈黙の中でも普通にいられるようになっているということに気がついて、僕はなんとなく嬉《うれ》しくなった。

「俺の家にはまったく金がなかったから、金が必要な遊びは何であれしたことがない。まったく、何であんなに金がなかったんだろうといまでも不思議に思えるほど金がなかった」

劉さんが珍しく感情のこもった声で話し出した。

「子沢山の朝鮮人の家には珍しく、子供は俺と妹の二人だけだったのに金がなかった。たぶん、親父《おやじ》もおふくろも日本語を覚えられなかったからだろう。まともな仕事につけなかった。戦後は、薄い血縁を頼って、バタ屋が寄り集まったようなところに行き、小さなバラックを建てた。生きていくのが精一杯だったから、義務教育以上の学校に進める余裕はなかった。もっとも、俺はたとえ家に金があっても学校なんて行きたくもなかったから、中学を卒業すると知り合いのそのまた知り合いといったような関係のパチンコ屋で働くようになった」

　劉さんが中学までしか行っていないと聞かされて意外に思った。別に学歴について特別に予期していたことはなかったが、劉さんの言葉づかいには隠しても隠し切れない知的な気配があったからだ。

「しばらくは家から通っていたが、半年もしないうちに従業員のために借り上げられている小汚いアパートに入った。部屋には小さな流しがあるだけで、風呂《ふろ》はもちろんのこと、便所もついていなかった。それでも、狭い家を出て、ひとりになれる空間があるというだけでありがたかった」

　僕は、その話を聞きながら、ハワイから日本に戻り、巨匠のもとで働くことになった直後に住んだ赤坂の部屋を思い浮かべた。巨匠の事務所に近いというだけで選んだ部屋だったが、どうしてあの華やかな赤坂にこんな建物がまだ残っているのだろうというような二階建てのボロアパートで、そこもトイレが共同だった。使用中にはドアの取っ手の横に掛かっている札を引っ繰り返し、黒から赤に替えておかなければならないのだが、忘れている人がたまにいて、勢いよくドアを開けようとすると、「入っているぞ！」と怒鳴られることがあった。きっと、劉さんが暮らすようになったアパートというのも、あそこのようなところだったのだろう。

「そのアパートの一室に独り者の釘師《くぎし》のじいさんがいた。貰っている給料は悪くない額のはずだったから、もう少しましなところに住めたのだろうが、なぜか若い従業員と一緒のアパートを離れようとしなかった。それでいて、誰とも親しくならず、言葉すらかわさない。いま思えば、何か秘密を抱えた人生だったのかもしれないし、どこで暮らそうとたいして変わりがないということがわかっていたからかもしれない」

それはまるで劉さん自身のいまの人生に重ね合わせての言葉のように思えなくもなかった。

「そのじいさんは、夜の営業が終わったあとの数時間で、三軒ほどある同じ系列の店のパチンコ台を点検すると、昼間は自分の部屋にずっといる。俺たち若い従業員にも、何をしているのかまったくわからなかった。寝ているわけじゃないことは、ときどき便所に入ることでわかっている。あとは、馴染《なじ》みの定食屋に行く以外は部屋にこもりっぱなしだった。口の悪い奴《やつ》の中には、パチンコ台の釘を自由に操れる釣り具を密《ひそ》かに作って、どこかの組に卸《おろ》しているんじゃないかと言ったりする奴もいたくらいだ。パチンコ台の構造には誰よりも詳しかったし、手先も器用そうだったからな。それくらい秘密めいて見えた。しかし、俺には、どうしてもそんなふうには思えなかった。そ小柄なじいさんだったが、普通のじいさんとは何か違う気配を身にまとっていた。それが何なのかはわからなかったが、俺はそのじいさんとすれ違うたびに、得体の知れない風圧のようなものを感じて、半歩、横にずれるような仕草をしたくなったものだった」

その老人が小柄だったということを除けば、それは僕が劉さんに対して覚えた印象と寸分も変わらないものだった。僕もまた劉さんから常に気圧《けお》されるようなものを感じつづけていた。

「あるとき、店の定休日に、俺はアパートの近くの商店街を歩いていた。何の気なしに、通りすがりの小さな古本屋に眼をやると、その奥で帳場の親父の横に坐って、例のじいさんが話をしているのが見えた。なんだか見てはいけないものを見てしまったような気がして、急いで視線をそらそうとしたとき、こちらに顔を向けたじいさんと眼が合ってしまった。朝鮮人の家で育った俺には年長者に対する敬意の念が強くあった。気がつくと、俺はじいさんに黙礼をしていた。じいさんはじっとこちらを見ていただけだったが、俺にはすべてが一挙にわかったような気がした。あのじいさんは、何かから逃れるようにしてひっそりと部屋で暮らしながら、ただひたすら本を読んでいたんだ、ってな」

僕は、アパートの小さな部屋で、ひとり本を読んでいる老人を想像してみようとした。すると、その像はこの部屋で本を読んでいる劉さんの像に重なっていくようだった。

この部屋に本はあるのだろうか。部屋を見渡すと、煙草の箱が置いてある棚の片隅に、一冊だけ本が立て掛けられていた。背表紙を見ると、それは中国語の本のようだった。劉さんは中国語が読めるのだろうか。それとも単なるカモフラージュのために置いてあるのだろうか。

「それから何日かたって、便所から出てくると、入るつもりだったらしいじいさんとすれ違った。俺が、ついまた黙礼をすると、おい、と呼び止められた。そのとき俺はじいさんの声を初めて聞いた。ちょっと、来い。じいさんはそう言うと、自分の部屋の前まで連れてきて、また言った。ここで、少し待ってろ。扉を開けて中に入っていったじいさんの背中越しに部屋の様子が少し見えた。俺は、もしかしたら、じいさんの部屋には山のように本があるのではないかと思っていた。ところが、じいさんの部屋にはまったく何もなく、小さなちゃぶ台と座椅子がひとつ、それとこれもまたごく小さな本棚がひとつあるだけの殺風景なものだった」

それは、この劉さんの部屋とほとんど瓜二つ《うりふた》つのように思える。もちろん、そんな感想は口にしなかった。劉さんの話の腰を折りたくなかったからだ。

「さらに驚いたことに、その本棚には、本がたった一冊しかなかった。じいさんは、その一冊の本を持ってくると、いきなり俺に言った。これを読め、と。俺はそれまで、本などというものを読んだことがなかった。なんで一冊しかない本を渡して読めなどと言うのか。まったくわからなかった。読む気などさらさらなかったが、さっきも言ったとおり、俺は朝鮮人の家庭で育った男だ。年長者の言うことにさからうということができなかった。仕方なく、受け取るだけ受け取ることにした。そして読まないまま、しばらくしてもう読んだからと嘘《うそ》をついて返した。ところが、それで済んだと思っていると、しばらくして、またこれを読めと本を渡されてしまう。また、読まないまま、読んだと言って返した。そんなことを何回となく繰り返すうちに、とうとう仕方なく読んでみることにした。そのとき貸してくれたのは経済の本だった。ずっとあとで、それは日本経済の批判的な概説書だったということがわかったが、そのとき読んで、たった一冊の本によって世の中のことがこんなにはっきりと見えるようになるものかと驚いた。以後、そのじいさんが貸してくれる本を貪《むさぼ》るように読んだ。内容は雑多だった。歴史書もあれば、天文学の本もある。小説もあれば、宗教書もあるという具合だった。そのうち俺は、じいさんから借りるだけでなく、商店街の古本屋で一冊十円とか三十円とかで売っている特価の棚から手当たりしだいに本を抜き出しては買って読むようになった。すると、いつしか、そのじいさんはこの本を読めと渡してこなくなった。俺に読書の習慣がついたのがわかったんだろう」

劉さんのその話はよく理解できる気がした。僕にも似たような経験があったからだ。漫画とサーフィンの本を除けば、僕もほとんど本というものを読んだことがなかった。ところが、巨匠の助手になってから、自分でも意外なほど本を読むようになった。きっかけは事務所の棚に並んでいた本だった。巨匠の撮った写真集の中に、有名な小説家とコラボレーションをした一冊があった。それは僕が助手になる前のことだったらしいが、二人でニューヨークに行き、それぞれがペンとカメラでニューヨークを描くという企画が立てられた。巨匠の写真もニューヨークという街の息吹《いぶき》が感じられるダイナミックなものだったが、その小説家のニューヨークについての文章が面白かった。以前、若い時に暮らしていたというだけあって、単なる印象記ではなく、街に暮らす人たちの小さな物語がいくつも描かれていたのだ。読み終わると、その小説家の本業の作品を読んでみたくなった。

小説はさほど面白くなかったが、その小説家の書くエッセイや紀行文は魅力的だった。そして、僕は、そこから出発して、一気に本を読むことに熱中するようになったのだ。小説や紀行文ばかりでなく、面白おかしく書かれたエッセイや事件物のノンフイクション、宇宙の神秘や古代の謎《なぞ》を説き明かそうとした本など、手当たりしだいに読むようになった。

最初のうちは、そうした変化を面白そうに見守ってくれていた巨匠が、やがて僕が民俗学や心理学の本まで読むようになると、しだいに機嫌が悪くなってきた。そして、ついには、あからさまに、読書を禁止するようになった。

「いつまでもそんなもんを読んでるんじゃない。写真は頭で撮るんじゃない、体で撮るんだ。頭でっかちになると、写真が撮れなくなるぞ」

もちろん、僕はその点だけはほとんど巨匠の言うことを無視して、どこへでも本を持っていき、撮影の合間にひとりで読んでいた。そんなことを言っている巨匠が、事務所の上にある自分の部屋に戻るとひたすら本を読んでいる読書家だということを知っていたからだ。

3

「あるとき、釘師のじいさんが俺の部屋の扉をノックした」

劉さんの独り語りのような話は続いていた。

「そんなことは初めてのことだった。部屋に上がってくれと言ったが、じいさんは扉の前を動かなかった。そして、俺にこう言った。学校に行け。何を言っているのか、さっぱりわからなかった。だが、じいさんは繰り返した。いまからでも遅くないから学校に行って勉強しろ、と。それだけ言うと、じいさんは自分の部屋に戻ってしまった。しかし、じいさんを見たのはそれが最後だった。その翌日、じいさんが姿を消してしまったからだ。理由は誰にもわからなかった。何かまずいことを仕出《しで》かしたのだろうと言う奴もいたが、俺はそう思わなかった。動物の中には、死期が近づくと、ひとりで死に場所を探すものがあるという。俺は、じいさんが死に場所を求めてどこかに行ったような気がした。すると、じいさんが最後に俺に言い残していった言葉が気になりはじめた。もしかしたら、あれはじいさんの遺言かもしれない。俺は小学校のときにとんでもなくひどい目にあっていたので、二度と学校は御免だと思っていた。だが、行った方がいいのではないだろうか。いや、行かなくてはならないのではないだろうか。迷った末に、俺は定時制の高校に入ることにした。パチンコ屋の経営者も、むしろ賛成してくれた。入ってみると、そこは思った以上に悪くないところだった。なにしろ、図書館というものがあって、いくらでも本を貸してくれるんだ。俺は定時制の高校を卒業すると、教師の勧めもあって国立大学の夜間部に進んだ。卒業したらどうしようという心積もりがあったわけじゃない。ただ、もう少し勉強というやつをやってみたかっただけだ。

大学を卒業するときの成績は悪くなかったが、やはり夜間部で朝鮮人の俺にはまともな就職口がなかった。いまではいくらか門戸は開かれているかもしれないが、丸の内に本社を構えているような企業はまったく相手にしてくれなかった」

そこまで話すと、ふと思いついたように僕に訊ねてきた。

「おまえは、いくつになる」

いきなりだったので一瞬戸惑ったが、誕生日がまだ来ていないことを確かめてから、答えた。

「二十八です」

「そうか……。俺は、いろいろ遠まわりをしてきたので、大学を卒業すると、もういまのおまえに近い年頃になっていた。それなのに、卒業してもパチンコ屋の店員という状況は変わらない。フロアー主任だとかなんだとかいい加減な名前はつけられたが、毎日ろくでもないパチンコ中毒の客を相手にするという仕事に変わりはなかった。大学を出れば状況が劇的に変わるとは思っていなかったが、それにしても、あまりにも情けなさすぎた。ヤケになり、生活もすさみはじめたとき、中学校の級友が訪ねてきてくれた。そいつは、朝鮮人ではなかったが、とてつもなく勉強ができなかったためクラスでも孤立していた。だから、自然と、やはりクラスで孤立していた俺と二人で助け合うようになった。そいつは、中学を出ると、自分の兄貴が属している組織に入って、いっぱしのヤクザになっていたが、どういう風の吹きまわしか俺の就職口を見つけてきてくれたんだ。しかも、すぐ会社の幹部になれるという。その会社は名前がふるっていて、なんと大日本産業というんだ。それでいて、社長を含めて社員は三人しかいない」

僕が声を上げて笑うと、それにつられたのか劉さんもほんの少し表情を崩した。

「そこは級友が属する組の、表看板用の会社だったんだ。組長に先見の明があって、やがて組織暴力団にも経済に特化した部隊が必要になると見通していた。そこで、経済部門を担当する会社を作った。しかし、登記したまではよかったが、そこを運営していく専門的な知識を持った奴がいなかった。もちろん、俺もただの学生上がりにすぎなかったが、他の組員よりは広い知識を持っていた。戦後の闇市《やみいち》を生き抜いてきた組長にひどく気に入られてしまったということもあって、組員にはならないことを受け入れてくれるのならばという条件で、その話に乗ることにした。いまになれば滑稽《こっけい》だが、地上の世界が俺を受け入れないのなら、地下の世界を支配してやろうなどと意気がったりしてな」

劉さんにも若い頃があり、青い野心を抱いていた時期があった。考えてみれば当たり前のことなのかもしれなかったが、僕にはそんな青年時代の劉さんがうまく想像できなかった。

「会社は、名ばかりの社長とアルバイトのような若者と女子事務員だけだった。しかし、俺はその弱体な会社を地下世界の強力な企業にしてやるぞと誓った。俺は考えた末、まず手始めに、その会社では三つの仕事に限定してやることにした。表の仕事と裏の仕事とその中間の仕事だ。表は不動産。裏は地下カジノ。その中間は金融。そもそも、その会社の正式な仕事は組の持っている小さなビルの維持管理が唯一《ゆいいつ》のものだった。不動産部門では、それを隠蓑《かくれみの》に積極的に地上げをした。しかし、自分たちで全部を仕切るようなことはせず、一歩下がってゼネコンの別動隊という立ち位置を逸脱しないようにした。だから、あまり強引なことはしなかった。最後の最後に組の力を借りることはあったが、たいていはその気配を漂わせるだけで解決した」

そう言えば、僕が住んでいた赤坂のアパートもそうした怪しげな会社の地上げによって解体されることになり、僅《わず》かばかりの見舞金をもらって引っ越しをしなければならなかったのだ。

「中間の金融部門は正式に貸し金業の登録番号を手に入れていたわけじゃない。その意味では闇金の一種にすぎなかったが、そこいらの闇金と違っていたのは、大手のサラ金よりむしろ金利を安く設定していたことだった。闇金は短期で儲《もう》けを上げようとするので異常な金利を課す。それでも借りようとする奴は絶えないから存続しているが、いつかその暴利によってしっぺ返しされるときがやって来る。払えなくなった奴が自殺したり、事件を起こしたり、警察にタレ込んだりするからだ。そのたびに、電話を変え、すべてをまた一から新しくやり直さなければならなくなる。だが、俺はどこよりも金利を安く設定した。もちろん、客のためを思ってのことじゃない。客を殺さないためだ。そのために貸す相手のことはよく調べた。失うことを恐れている何かを持っていない奴には貸さなかった。家族、地位、財産、なんでもいい。失うことを恐れている何かを持っている奴なら自爆するようなことはしない。それは、裏の部門であるカジノの客選びにも共通していた。地下カジノにとって最も恐ろしいことは、大きくスッた客が警察にタレ込むことだ。そのため、タレ込むことで、それ以上に大きく失うものを持っている奴しか遊ばせなかった。それと、大きく負け越させないことに気を配った。だから、絶対に負けた客にはコマをまわさなかった。つまり、借金をさせなかったんだ。賭場《とば》で負けると胴元に借りようとする。胴元はそんな負けの込んだ客に金を貸して、もっとむしり取ろうとする。短期の儲けにはなるが長期的に見れば、それが落とし穴になる。すべてを失った客は、何をするかわからないんだ。警察にチクったり、他のカジノに走ったりする。あるいは、破滅して、借金や使い込みが露見して、それが理由でこちらにとばっちりがこないともかぎらない。どれも軌道に乗るには時間はかかったが、一度いい客がつくと、今度はそいつらがさらに上客を連れてきてくれた。我が大日本産業は、堅実一筋の経営方針が功を奏して業績は順調に伸びていった」

劉さんはいくらか自嘲《じちょう》的に言った。話に水を差しそうな不安はあったが、僕はどうしても疑問に思ったことを口に出して訊ねてしまった。

「それなら、刑務所に入るということなど起きなかったんじゃありませんか」

「まったく。そのはずだった。ところが、思いもよらないところに落とし穴があった。組長が急死して代が替わったんだが、その新しい組長が愚かだった。組長のあいだにもっと自分の腹を肥やせるだけ肥やしたいと思ったんだろう。大日本産業のあがりをもっと増やせと言ってきた。最初は軽く受け流していたが、しだいに要求が厳しくなってきた。しかし、金融やカジノの部門で無理をすれば、これまで築き上げてきたシステムが崩壊してしまう。仕方なく、俺は不動産の地上げに荒っぽい手法を取り入れて早く決着をつけるようになった。もちろん俺は極力表に出ないようにしていたから、トラブルになっても安全なはずだった。ところが、組長が裏切った。俺は自分の存在がどれほど重要なものか誰もがわかっているものと錯覚していた。ところが、その愚かな組長は、俺さえいなければ、会社を自由にできると勘違いしてしまったのだろう。俺は恐喝罪で挙げられ、二年の実刑を食らうことになった。その二年のあいだに会社はガタガタになっていた。それを見かねた上部団体の総長が、愚かな組長の首をすげ替えた。どこかの組の跳ねっ返りに殺されるというかたちを取ってな。この組長に任せていては、上納金が細ってしまうということがわかったのだろう。出てきた俺は、ふたたび会社を任され、立て直しをはかった。幸い、カジノは奇跡的に手入れを受けずに存続していたし、闇金はしばらく地道に努力するだけで金の借り手は戻ってきた。不動産はリスクの大きい地上げに手を染めなくても、売り買いに一枚噛《か》ませてもらえるだけで膨大な儲けが手に入る時代になっていた。会社は、順調すぎるくらい順調にまわっていた……」

そこで、僕はさらに訊ねてしまった。

「それなら、日本を離れる必要はなかったのでは……」

「そう、日本を離れる必要など、まったくなかった。ところが……」

劉さんは黙り込んでしまった。そこで何が起きたのだろう。僕は次の言葉を待ったが、劉さんは短くなった煙草を灰皿で揉《も》み消すと、また無表情に戻って言った。

「つまらないことを喋《しゃべ》りすぎたようだ」

そしてふたたびベッドに腰を下ろすと、あとはもう何も話そうとしなかった。

僕は寿司の折をテーブルに置いたまま、失礼しますと言い残して部屋を出た。

暗い階段を一段ずつ降りながら、僕は胸のうちで劉さんの話を反芻《はんすう》していた。劉さんには簡単には語ることのできない深く暗い闇の過去があるらしい。しかし、その闇がどのように深く暗いものであったとしても、劉さんという人の背骨に通っている一本の筋は真っすぐであるように思える。日本を出なくてはならなくなったのも、恥ずべき罪を犯したためではないだろう。語ることのできない何かに巻き込まれてしまったのではないか……。

劉さんの部屋のある四階から一階までの階段を降り切り、アパートから火船頭街裏の通りに出ると、あたりはすっかり暗くなっていた。

4

新馬路に出て、セナド広場の前を通り過ぎ、南湾街《ナムワンガイ》の広い通りを渡るため信号が青に変わるのを待っていた。

「いつまでいるつもりなんです」

右の横から声が聞こえてきた。しかも日本語だ。驚いてそちらの方に顔を向けると、僕の肩の横に小柄な男の頭が見えた。髪の毛が薄い、あの中年男だった。リスボアのカジノでバカラの台を前に立っていると、「迷っていらっしゃる」と話しかけてきた薄毛の男。僕が不気味に思って階を移ると、追いかけるようについてきた男。そして、僕が賭《か》けに勝ったチップを劉さんにかすめ取られると、「マカオの洗礼を受けましたね」と嘲《あざけ》るように言い放った男だった。

それにしても、どこの国の男なのだろう。東洋人であるのは間違いない。これだけ日本語が流暢《りゅうちょう》なのだから日本人と考えるべきなのかもしれない。しかし、眼窩《がんか》のくぼみ具合からすると、ほんの少し欧米人の血が混じっているような気もする。あるいはポルトガルの血が入っているのだろうか。確かにポルトガル人は欧米人の中でも小柄な方だが、それにしてもこの男の背は低すぎる。僕の肩までもないのだ。

「女ですね」

前を向いたまま、薄毛の中年男が喋りつづけた。

とっさに彼から離れたいと思ったが、まわりには信号待ちの人が群がるようにいて、動きが取れない。

「あの女はなかなか味がいいという評判ですが、妙ですね、日本人は相手にしないはずなんですけど。しかし、いずれにしても、あなたがマカオに居つづけるのはあの女だけが理由じゃない。バカラですね。バカラの台の前に坐っているところをよく見かけます」

そう言えば、バカラをしていて、なんとなく誰かから見られているという視線のようなものを感じ、あたりを見まわすと、そこにこの薄毛の中年男が立っていて、こちらをじっと見ているというようなことが何度かあった。

僕は薄毛の中年男の相手にならないように前方を向き、歩行者用の赤信号を見つめていた。信号のガラス面には、いつになったら青信号に切り替わるかの残り時間を伝える点線のような明かりがついている。ひとつ、またひとつと減っていくのを、早く全部なくならないかと思いながら見ていた。

しかし、じっと見ていると、なかなか減っていかない。

「バカラ、バカラ、バカラ。でも、バカラはおやめなさい」

薄毛の中年男が妙にやさしげな声を出して言った。

「女はいいんです。金の切れ目が縁の切れ目になる。金をむしられ切れば相手にされなくなって、ここから出て行かざるをえなくなる。そこにいくと、バカラは地獄です。金がなくなっても、まだバカラにしがみつくことができる。人間というのは本当にいろいろな方法を考え出すものなんです。そして、金だけでなく、最後は命まで失ってしまうことになる。なんだか、あなたの顔相にはよくないものが表れている。もうお帰りなさい。そうしないと……」

僕は聞くまいとしながら薄毛の中年男の言葉に聞き入っていた。そして、心の中で、〈そうしないと？〉と薄毛の中年男に訊き返していた。

そのとき、ようやく信号が青になった。僕は急ぎ足で横断歩道を渡りはじめた。その僕の背中に向かって、薄毛の中年男の声が追いかけてきた。

「もう、日本に帰れなくなりますよ！」

深夜、カジノから十階の部屋に戻ってくると、ガラス窓に水滴がついている。どうやら、外は雨になっているらしい。

カジノにいると、外がどんな天気になっているのかわからない。いや、たとえ戦争が勃発《ぼっぱつ》しようとわからないかもしれない。外部の音や光から遮断《しゃだん》された閉ざされた空間の中で、同じように賭けに勝つことだけしか考えない連中と共に、次の目はどうなるかだけに眼を血走らせるようにして台の上を見つめていると、外界についての関心はまったく消えてしまうからだ。カジノとしてはそれこそが狙《ねら》いであるのだろう。外に出たらどうなるのか、つまり賭けに負けたらどうなるのかということを考えさせなければ考えさせないほどいいはずであるからだ。

時計を見ると、午前二時だ。

劉さんの部屋から戻って、すぐバカラを始めたが、今夜は六時間ほどしかカジノにいなかった計算になる。いつもに比べればかなり短い。だが、カジノの内部は相変わらず極限まで冷房をきかせているため、体は凍るように冷たくなっている。

僕はバスルームに入り、裸になると、熱いシャワーを浴びはじめた。しばらくじっとして肩で湯を受けた。湯量を最大にしているため激しい勢いで肩から背中をシャワーが叩《たた》いてくれる。やがて、その湯の勢いによって、冷凍された海老《えび》のように固まっていた体がほぐれてきた。

あらためて自分の体を眺めてみると、確かに劉さんが言っていたように、黒かった皮膚の色が薄くなっている。依然として、白い腰の皮膚の色と、その下の脚の部分や上の腹や胸の焼けた皮膚の色とはくっきりとした違いがある。それでも、バリ島にいたときとは比べものにならないくらい色が褪《あ》せている。

シャワーから上がり、歯を磨いてバスルームを出た。

そのとき、窓の外で何かが光った。

眼をこらすと、タイパ大橋に連なるタイパ島の上空でまた閃光《せんこう》が走った。稲光《いなびかり》のようだった。そして、ほんの少し間を置いて、重低音の響きが微《かす》かに聞こえてきた。雷鳴だ。この窓はかなりしっかりした防音が施されている。外からの音が聞こえてくるということはほとんどない。よほど大きな音なのだろう。

また稲光が走った。

僕は部屋の明かりをすべて消した。すると、大きな窓ガラスの向こうに、暗い空を縦横に走る稲光がくっきりと見えはじめた。直線的なものもあれば、何本にも枝分かれして鉤《かぎ》状に走るものもある。閃光の明るさによって、一瞬、タイパ大橋とタイパ島の全体が浮き上がることもある。

美しかった。その天然のショーに心を奪われ、僕は窓辺に立ち尽くした。

〈マカオに着いた日の夜に見た花火とは比べものにならないな〉

そう思ったとき、その花火がとても遠い日のことのように思えてきた。そして、ほとんど同時に、南湾街の信号のところで薄毛の中年男が僕の背中に投げつけた言葉が甦《よみがえ》ってきた。

——もう、日本に帰れなくなりますよ！

僕はその言葉を振り払うように軽く頭を振り、そのとき言い返せなかった言葉を胸のうちでつぶやいた。

〈そんなことはない〉

なぜなら、僕には日本までの片道航空券がある。金をすべて失ったら、それで日本に帰ればいいだけのことだ。

しかし、頭のどこかで、薄毛の中年男が口にしていた、もうひとつの言葉が僕の体に付着していることを意識しないわけにはいかなかった。その黒くべったりとしたコールタールのような薄毛の男の言葉は、いまの熱く激しいシャワーの湯でも落ちなかったのだ。

——バカラは地獄です。

第八章　シンデレラ

1

ただバカラだけの日が過ぎていった。

気がつくと、腕時計についているカレンダーの「月」のところに「10」という数字が現れるようになっていた。いつの間にか十月になっていたのだ。

日本なら、秋、ということになるのだろうな、と思った。マカオは依然として暑かったが、やはり七月や八月のような息苦しいまでの熱気と湿気は感じなくなっていた。

しかし、その頃から不思議とバカラで勝てなくなった。

長いツラ目に出会うことが少なくなっただけでなく、たまに遭遇するツラ目にうまく乗れなくなってしまったのだ。それは、あまりにも、長いツラ目を期待しては裏切られつづけているうちに、ほんの少し躊躇《ちゅうちょ》することが多くなったからかもしれなかった。以前だったら簡単に乗れたツラ目に乗り切れない。

勝てない理由はそれだけではなかった。劉さんの言葉に逆に呪縛《じゅばく》されることになったのか、これまで以上に場の流れに従えなくなり、大勝している客に立ち向かっては疵《きず》を深くするようになった。大きく勝ち込んでいた金がじりじりと減りはじめ、それに歯止めがかからなくなってきた。やがて、換金せずにチップのまま持っていた儲《もう》けをすべて吐き出してしまっただけでなく、ふたたびトラベラーズ・チェックに手をつけはじめるようになって、もう一度バカラの戦い方について根本的に考え直す作業が必要になってきた。

だが、考えても考えても、ツラ目とモドリ目という視点を超えるものは見つからなかった。

僕はツキという言葉を信じていなかった。それは単に理由がわからないものをそう呼んでいるにすぎないと思っていたからだ。

しかし、勝てない日が一週間も続くと、ツキという言葉に妙なリアリティーを感じるようになってくる。

劉さんにツラ目を追うことを教えてもらってからというもの、しばらくは負けなかった。ところが、あるところを境にして勝てなくなってしまった。そのことは、ツキという言葉を使えば簡単に説明がつくことなのかもしれなかった。単にツキのある時期が終わり、ツキのない時期に入っただけなのだと。そのようにして、博打《ばくち》はバランスが取られるようになっているのだと。

だが、僕はそれをツキという言葉に解消したくなかった。もっとはっきりとした言葉で理解したかった。


その日もいくらやっても調子が出なかった。昼も負け、夜に入っても勝てなかった。トータルすると五千ドルが消えていた。それは四、五日分の「日当」に相当する金額だった。気持が切れてしまったことがわかったので席を立った。これ以上坐《すわ》っていても、賭《か》け方が荒っぽくなるだけだと思えたのだ。

カジノの場内は夜が更《ふ》けるにしたがってますます熱っぽくなっている。大小、ファンタン、ブラックジャック、ルーレット、どこの台も人で溢《あふ》れている。もちろん、実際に博打をしている人ばかりでなく、一泊分の宿泊費を浮かそうという人たちも、これから朝までの長い時間をやり過ごすべくあちこちの椅子《いす》に崩れるように坐り込んでいる。そうした姿を見ているうちに、僕も少し気分が落ち着いてきた。

〈負けているのは僕だけじゃない〉

そこで、またバカラの台に戻ることにした。

しかし、今度はどれほど待っても席が空かない。五千ドルのチップを崩し、しばらくは立ったまま張っていたが、出目表《でめひょう》をつけられないこともあって目が読めず、確実にチップを減らしていった。僕は隣の台も同じ状況なのを見て、主戦場にしている禁煙の一楼で勝負するのを諦《あきら》め、エスカレーターで上の二楼に昇っていった。だが、そこも同じように中央の大きなバカラ台は二つとも混み合い、席に坐るのは難しそうだった。

円形のフロアーの外に出ると、スロットマシーンが設置されているところとは反対の奥まった場所に、レートの低いバカラの台がいくつもある。フロアー内の台では三百ドル以上でなければ張れないが、そこでは最低単位が百ドルや二百ドルになっている。また、席数も、フロアー内の大きな台には十四の席があるのに対し、ひとまわり小さいここの台には十二席しかない。違うのはレートや席数ばかりではなく、この区域にはとりわけヘビー・スモーカーが多く集まっているのか、息苦しいほど煙草《たばこ》のけむりがたちこめているということもある。

あちこちの台を見ながら歩いていると、不意に頭の奥で音がしたような気がした。もっとも、音といっても、爆竹が破裂するような派手な音ではなく、ネジの頭にぴったりのスパナがはまり、すっと回転したときのような微《かす》かな音だった。音がした瞬間、何かがわかりかけてきたように思えた。しかし、それが何かわからない。ただ、とても重要なことらしいということだけがわかる。

僕は、それが何なのか頭の片隅で考えながら、依然としてカジノ内をふらふらと歩きまわり、さまざまな台の上で繰り広げられているバカラの勝負を眺めていた。

賭け金の最低単位が百ドルの台では、熱のこもった勝負が展開されていた。それは、「閒」にツラ目が長く続いているからだ。六回続き、いま七回目も「閒」が続くかどうかという段階だった。

その隣の台は、緊張感のない弛緩《しかん》した勝負が続けられている。その理由も明らかだ。「閒」と「庄」の目が交互に、しかも不規則に出るモドリ目が続いているからだ。

そこから二台ほど離れたところに、異様な熱気に包まれている台があった。客のひとりがつけている出目表を覗《のぞ》き込むと、その理由がわかった。

閒
庄　庄　庄
閒
庄　庄　庄
閒

庄庄庄

ディーラーが「庄」に賭けられたチップに配当を付け終え、これから新しい勝負が始まろうとしている。そして、客のひとりが「閒」に賭けると、我先にと客たちが「閒」に賭けはじめた。

彼らは、この先も、果てしなく「閒」と「庄」の規則的な「絵柄」が出てくると信じている。「閒」が一回、「庄」が三回の模様を持つ「絵柄」。それが津波のように果てしなく押し寄せると思っている。

〈津波のように？〉

僕は自分が頭の中でつぶやいた言葉に撃たれて立ち止まった。

〈津波のように！〉

そのとき、僕の頭の中で弾《はじ》けるものがあった。

津波……波……そうか、波か、と思った。そうだ、波なのだ、と思った。

中国式の出目の付け方だと、ツラ目は上からぶら下がるように降りてくるので、屋根から垂れるツララのように見える。しかし、その上下を反転させてみればどうなるか。

いま、眼の前に展開している「絵柄」は、こうなるはずだ。

　　閒
庄庄庄
　　閒
庄庄庄
　　閒
庄庄庄

まるで、岸辺に打ち寄せてくる波のようではないか。

そう、これは波なのだ。

バカラの台の上には緑色のフェルトの布が敷き詰められている。いわば、そこは緑色の海だ。シューと呼ばれる黒い箱からカードが出てくると、それが「庄」の目になったり、「閒」の目になったりする。最初のうちはそれがどんな姿になるかはわからない。しかし、それが何回か繰り返されるうちに、波のかたちをとるようになってくる。

サーフィンをしようとするとき、僕たちはボードに腹ばいになり沖に向かってパドリングする。両手で水を掻《か》いて進むのだ。ラインナップに到達すると、腹ばいの姿勢から起き上がってボードにまたがり、はるか沖からやってくるうねりを待つ。波になりそうなうねりは何本か連続してやってくる。そのうちの、どれが最もいい波になるかを予測する。やがてその波が近づいてくると、僕たちはボードの向きを変え、ふたたび腹ばいになる。さらに、そのうねりが波となって砕けはじめる直前にパドリングを開始し、波と追いかけっこをするように陸を目指す。そして、波の頂点で素早くボードの上に立つと、波の底に向かって落ちるように滑り降りていくのだ。

長いツラ目は大きな波であり、短いツラ目は小さな波なのだろう。

だが、バカラの波がサーフィンの波と違うとすれば、それが事前には見えないということかもしれない。サーファーが沖に出て波を待っているとき、それは彼方《かなた》からやって来るうねりとしてはっきり眼に見える。しかし、バカラにおいては、それがどのような波になるかは事前にはまったくわからない。

それが大きな波なのか小さな波なのかは終わってみなければわからないのだ。

劉さんが言っていたように、客は基本的にはツラ目でしか勝てない。だから、それがわかっている客は常に大きな波を待つことになる。ところが、それをあざ笑うかのように、海は凪《な》いでさざ波すら立たないことが多い。今度こそ大きな波になるかもしれないと期待しては、波は立たず、ボードは走らず、すぐに海に沈んでしまう。サーフィンには、いい波を求めて海から海へと渡り歩くサーフ・バムという連中がいる。しかし、そのサーフ・バムも、ひとつの海を訪れ、そこにいい波が立っていなければ、とりあえずいい波が来るまで待たなければならない。もし、眼の前にいくつもの海があり、種類の違ういくつもの波が立っていたら、サーフ・バムは狂喜するだろう。いい波が立っている海を選んで入ればいいのだから。

バカラも同じではないのか。

バカラの海は、だからバカラの台は、あればあるほどいいということになる。台が多ければ、それだけそこに立っている波の種類を多く見極められることになるからだ。

しかし、この緑の海が本当の青い海と違うのは、眼の前で立っている波の傾向が、それ以後も続くかどうかの保証がないということかもしれない。サーフィンをする海の場合、実際に天候の読みが当たり、いい波が入るようになれば、しばらくはその波が続くことになる。だが、バカラの海は、いくら大きな波が立っていても、それと同じような波が続けて打ち寄せてくるかどうかはわからないのだ。

サーフィンの波では、それがビッグウェーブかどうかは、乗る前に予測がついている。しかし、バカラでは、その波の大きさは実際に乗ってみなければわからない。さらに大きく育つのか、そこまでの波なのか。

とすれば、バカラに勝つためには、乗る前に波の種類と大きさがわかればいいということになる。

だが、それは実際には不可能だ。どうしたらいいのだろう……。

2

波……波……と口の中でつぶやきながら海から海、いやバカラの台から台を移動していると、気になる台にぶつかった。僕が足を留めたのは、なによりそこに坐っているひとりの若い女性の容貌《ようぼう》が、カジノでは滅多に見かけない美しさだったからだ。服装は白いタンクトップに草色のカーディガンを羽織っているだけの簡素なものだったが、切れ目なく吸っている煙草のけむりの吐き出し方の蓮《はす》っ葉《ぱ》さがその美しさを逆に際立《きわだ》たせていた。そして、身につけているアクセサリーといえば、すべてが金細工なのだ。金のネックレスに金のブレスレットに金のイアリング。それが彼女の白い肌に見事に映えていた。僕は、金のジュエリーがこんなに美しく映えている女性を見たことがないような気がした。

しばらく立って眺めているうちに台の状況がわかってきた。十二番の席に坐っているタンクトップの女性がその場を完全に支配していた。というのは、他の客が百ドル、二百ドルという単位で張っているのにもかかわらず、彼女だけは千ドル、二千ドルという高額のチップを賭けては、常に「閒」か「庄」のカードを開きつづけているからだ。バカラの台では、配られたカードをめくる客が、その場の空気を決定的に支配することがある。少なくとも、そのタンクトップの女性がこの台の熱源になっていることは間違いなかった。彼女が張ると、他の客もようやく安心してそこに張る。彼女は勝っても派手に喜ばないが、負けると実に悔しそうに唇を嚙《か》みしめる。そして、そのときの表情には独特の色気があった。

タンクトップの女性は、僕が見はじめる直前まではかなりの大勝をしていたようだったが、その勢いが少しずつ落ちはじめていた。しばらくすると、勢いは完全に反対側の五番の席に坐っている眼鏡の中年男に移っていった。彼がオープンするカードがタンクトップの女性の開けるカードを際《きわ》どく抑えていく。たとえば、「閒」のカードを開ける彼女が三と五のナチュラルの八を出すと、「庄」の眼鏡の中年男は絵札の次に九をめくり上げて九のナチュラルを出してしまう。あるいは、まず「閒」の眼鏡の中年男が五と七で二になり、「庄」のタンクトップの女性が一と二で三になる。次に、眼鏡の中年男が三枚目に九をめくって合計一になり、もうタンクトップの女性の勝ちは決まったも同然と思っていると、次のカードに、それさえ引かなければ絶対に負けることはないという、まさにその七が出てしまうのだ。

台に坐っている他の客も敏感にそれを感じ取り、タンクトップの女性を見限り、眼鏡の中年男に乗り換えはじめた。しかし、タンクトップの女性は気の強さを露《あらわ》にし、真《ま》っ向《こう》から眼鏡の中年男に対抗しつづける。

タンクトップの女性はほとんど孤立無援になりかけていた。しばらくは隣の十一番の席に坐っている若い女性も同じ目に賭けつづけていた。だから当然、タンクトップの女性の連れなのだろうと思っていたが、負けが込むと黙って席を立ち、彼女に挨拶《あいさつ》するでもなく消えてしまった。

いよいよタンクトップの女性は劣勢に追い込まれる。張る目、張る目、ことごとくはずれてしまう。眼の前に積んであるチップの山がいくつも崩されていく。

閒二・庄五で「庄」の勝ち、閒七・庄八で「庄」の勝ち、閒〇・庄九で「庄」の勝ち、閒一・庄七で「庄」の勝ち、閒五・庄六で「庄」の勝ちと、「庄」の勝ちが五回続いた次の勝負。眼鏡の中年男は「庄」のツラ目を追いつづけることにしたが、タンクトップの女性は迷った末に「閒」の側に最後の一枚として残った五千ドルを張った。あとは数枚の千ドルチップと七、八枚の百ドルチップしかない。他の客は、眼鏡の中年男が「庄」に張るのを見ると、追いかけるように「庄」に賭けていく。僕はタンクトップの女性のチップが一枚だけ「閒」のところにポツンと張られているのがなんとなく哀れで、四番の席に坐っている客の背後から手を伸ばし、五百ドルのチップを「閒」のエリアに置いた。すると、タンクトップの女性はびっくりしたようにこちらを見て、一呼吸置いて五千ドルのチップをその場から取り下げてしまった。僕を貧乏神と見なし、ケチがついたとでも思ったのだろう。

〈おいおい、それはないぜ。せっかく加勢をしようというのに、降りてしまうとは……〉

喉《のど》の奥でタンクトップの女性に不平を言いながら、しかし一方で自分の間の抜けたお節介《せっかい》を嗤《わら》うような気持もあり、僕は意外と平静にカードが開くのを待つことができた。

台に坐っている客に張り手がいないため、僕の賭けた「閒」のカードはディーラーの手によってオープンされる。

すると、「閒」には五と四の九、つまりナチュラルがいきなり出てしまい、眼鏡の中年男がめくった「庄」のカードの九と六、下一桁《けた》の五に簡単に勝ってしまった。他のすべてのチップはディーラーの元に掻き集められ、僕のチップだけに五百ドルの配当がつけられる。僕が手を伸ばして台の上に置かれたチップをさらうとき、タンクトップの女性がちらりとこちらを見た。もし僕が賭けたとき取り下げなければ、彼女の五千ドルは一万ドルになっていたはずなのだ。

これで彼女も完全に息の根が止められたのではないかと思っていると、不思議なことに、その勝負を境にして眼鏡の中年男の勢いが落ちてきた。僕が賭けるとタンクトップの女性が乗ってきて、それに眼鏡の中年男が対抗するというかたちになり、三回に二回は僕たちが勝つというパターンになったからだ。するとさっそく他の客も僕たちの尻馬《しりうま》に乗ってくる。そして、そうした勝負が十数回続いたあとで、眼鏡の中年男が不意に立ち上がり、台の上の五千ドルチップ一枚を握って去っていった。僕はそこに百ドルチップを投げ入れた。

席に坐って、三回ほど「見《けん》」をした。そのあいだにもタンクトップの女性の勢いは加速し、ふたたびチップの山が築かれはじめていた。

いよいよ勝負に加わろうと思い、目を読み、「閒」に決めて五百ドルを張ろうとすると、それより一瞬早く、タンクトップの女性が「閒」に五千ドルを賭けた。他の客も待っていたとばかりに「閒」に賭ける。僕はそこで張る手が止まってしまった。出目表から眼を上げると、タンクトップの女性がこちらを見ている。口元にどうするのといった冷ややかな笑いが浮かんでいるようにも感じられる。僕は自分の気持の中にカッとした怒りに似た感情が生まれるのを持て余して、つい五百ドルを「庄」に賭けてしまった。

それがつまずきの元だった。

閒八・庄六で、「閒」の勝ち。

そこで冷静になればよかったのだが、タンクトップの女性への対抗心を抑えることはできず、ふたたび流れを呼び込んだ彼女に立ち向かってしまった。考えてみると、席も悪かった。その五番の席は、彼女の坐っている十二番の席とほぼ対角に位置していた。席からしても同調するより対抗したくなる要素を多く抱え込んでいたのだ。

二度目の勢いを摑《つか》んだタンクトップの女性は強かった。彼女の賭ける額は常に五、六千ドルなのに対して、こちらは五百ドルに過ぎない。しかし、彼女に向かっていく客がほとんどいないため、常に僕がカードをめくることになる。カードをめくるたびに負けると、しだいに屈辱感は深くなり、ますます意固地になって対抗していきたくなってくる。そして、疵はますます深くなる。

そのシリーズが終了したとき、僕はこの台で勝ったチップをほとんど吐き出していた。

ディーラーが新しいシリーズの準備をしているあいだに、僕はスタンドでコーヒーを飲みながら考えた。

ここでも、勝っている客の逆、逆にいって負けてしまった。大勢に従えばこんなことにはならなかった。

――おまえの賭け方には致命的な欠陥がある。

劉さんの言葉が甦《よみがえ》ってくる。しかし、だからといって、勢いのある客が張るのを見てからその目に賭けるなどということに、自分は耐えられるだろうか。答えは明らかだ。かりにそれで博打に勝てなくともかまわない。いくらか大袈裟《おおげさ》な言い方をすれば、ただ勝つために大勢に従うかどうかということは、存在の根本にかかわってくる問題なのだ。

〈存在の根本？〉

その仰々《ぎょうぎょう》しすぎる言葉に、我ながらおかしくなって、ひとり笑ってしまった。

しかし、たとえ勝っている人の勢いに乗れないにしても、乗れないことの影響を最小限にとどめておくことはできるかもしれない。これまで、どちらに張るかの決断をギリギリまで延ばしてきた。そこで、タンクトップの女性に先に張られ、こちらの読みとは逆の目に張らざるを得なくなるケースが少なくなかった。それを避け、読みに忠実に張るためには、とにかく先に張ることだ。もし、彼女に遅れてしまったらその勝負は「見」にまわってもいい。

そこまで考え到《いた》ると、急に気が楽になってきた。僕が席に戻ると、すぐに新しいシリーズが開始された。タンクトップの女性もすでに席についていた。最初から二回までの勝負は「見」をしたが、次から積極的に賭けはじめた。とにかく彼女より先に賭ける。そして当たってもはずれても平然と賭けつづける。それだけを守って、目の流れのリズムに注意しながら張っていった。

序盤に目立ったことは起きなかったが、中盤で比較的長い「庄」のツラ目に僕が最初に乗れたのが大きかった。途中からタンクトップの女性も乗ってきたが、そのあたりから急激に彼女の勢いが失速しはじめた。

僕が「間」に賭ければ「間」が勝ち、「庄」に張れば「庄」が勝つ。すると、僕の淡々としたカードのめくり方が逆に迫力をもって映るようになるのがわかってくる。劉さんにツラ目とモドリ目という見方を教えてもらった直後の、あの快調なリズムが戻ってきたような気がした。

庄庄
閒閒閒
庄
閒
庄庄庄和
閒
庄庄
閒
庄
閒閒閒閒閒
庄和庄

そのうち五回ほど「見」をしたことが大きな意味を持ち、四回はずしただけで、あとはすべて的中した。ということは、引き分けの「和」を除いて、十八回の勝負で十四回勝ったことになる。

それ以後も、「見」を多めに混《ま》ぜることで、確実に勝ちを増やしていくことができた。

煙草のけむりに巻かれながら、朦朧《もうろう》としている中で、ふと自分の右手を見ると、無意識のうちに、五百ドルは五百ドル、千ドルは千ドルとチップを積んで並べているのに気がついた。知らないうちにチップの額を数えていたのだ。あらためて数えてみると、チップは三万と四百ドルもあった。

その瞬間、もうこれが止《や》めどきなのかもしれないな、と思った。

それは女性客に多いのだが、勝ちはじめてしばらくすると、恐らくはカジノに持ってきた種銭であろうと思われる金額のチップをバッグにしまい、儲けた分のチップだけを台の上に出して勝負を続ける客がいる。しかし、見ていると、ほとんどの例外なく、そこが勢いの落ちはじめで、みるみるチップを失っていく。勝っていたものが、自分の勝ちの額を確かめた瞬間に負けに転ずる。そこには勝負におけるなんらかの必然があるのかもしれない。僕も勝ちの額を確かめてしまった。これ以上続ければ失うだけなのかもしれない。

僕は二度ほど「見」をしたあげく、思い切って四百ドルを除いた三万ドルのすべてをディーラーに押し出し、高額チップに換えてくれるよう頼んだ。

たいした額ではないはずだが、客に大きく勝って立たれるのが腹立たしいのか、若い男のディーラーは叩きつけるように一万ドルチップ三枚を放り投げてきた。

僕はそれを握ってゆっくり席を立った。

客の視線が眩《まぶ》しく感じられる。対角の席をちらりと見ると、タンクトップの女性の眼に、少しだけ悔しそうな光が宿っていた。

3

カジノを出て、ホテル側の通路に出た。

勝負を終えたあとの虚脱感によって頭がぼんやりしている。しかし、今夜は満足のいく勝ち方をしているため、それが心地よいものになっている。

エレベーターホールでボタンを押し、停止している階を知らせる赤い表示灯に眼をやりながらエレベーターが来るのを待っていた。三台あるエレベーターがどれも上に行ったまままなかなか降りてこなかったが、別に気にならなかった。もう、あとは部屋に戻って寝るだけだ。急ぐ必要もない。

しばらくしてようやくやって来たエレベーターに乗り込むと、そこにバカラの台にいたタンクトップの女性が走ってきて、扉が閉まる直前にするりと乗り込んできた。そして、中国語で話しかけてくる。

「＊＊＊＊？」

僕がわからないというように微かに首を振ると、驚いたように眼を見張った。

「＊＊＊＊＊？」

また、中国語だったが、もしかしたら、同じことを広東語と北京《ペキン》語で言い換えたというようなことだったのかもしれない。だが、いずれにしてもわからない。

首を振ると、今度は英語で話しかけてきた。

「あんた、どこから来たの？」

なんと答えればいいのだろう。バリ島からと答えたいような気もするが、それは彼女の訊《き》きたいことではないだろう。日本、と僕が答えようとすると、その前に彼女が口を開いた。

「シンガポール？」

「ノー」

僕が首を振ると、彼女が畳みかけるように言った。

「カナダ？」

どうやら、彼女は僕を華僑《かきょう》だと思い込んでいるらしい。

「日本」

僕の答えを聞いた彼女が、信じられないというような表情になった。

その瞬間、エレベーターは十階に着いて、停まった。

僕が降りると、彼女も続いて降りてきた。そして、疑わしそうに訊《たず》ねてきた。

「日本人？」

「そう」

「日本人には見えないわ」

廊下を歩いているうちに、僕の部屋の前まで来てしまった。

さて、この女性は何で僕にくっついてくるのだろう。娼婦《しょうふ》なのだろうか。だが、李蘭から娼婦は絶対に博打をしないと聞いていた。それはそうだろう、好きでもない客のセックスの相手をして得られた金が、一瞬の勝負で消えてしまう。かりに勝ったとしても、そんな簡単に手に入れられてしまう額を、苦労して稼がなくてはならないことに厭気《いやけ》がさすかもしれない。

何者であるにしても、部屋の前までついてきた彼女をどう扱っていいかわからない。しかし、何時間にもわたって同じ台に坐って勝負したことで、妙な親近感を覚えていた。僕はカードキーをスライドさせてドアを開けると、部屋に入るかと訊ねてみた。ほんの一瞬ためらったが、すぐにうなずき、僕のあとから部屋に入ってきた。

ひとわたり中を見まわすと、彼女は言った。

「ずいぶん狭いのね」

「君の部屋はもっと広い？」

「倍はある」

ほんとかなと思ったが口には出さなかった。

これで今日のバカラは終わりだ。アルコールを口にしてもいいだろう。喉が渇いている。ビールが飲みたい。いちおう彼女にも訊いてみた。

「ビールを飲むかい？」

「いらないわ」

「酒は嫌い？」

「そうじゃないけど、ビールは苦いから」

僕は彼女の顔を見た。ビールが苦いというのはずいぶん子供っぽい台詞《せりふ》のように思えたからだ。すると、それまで、すっかり大人の女に見えていた彼女が、少女からほんのちょっと齢《とし》をとっただけの、二十歳前の女の子であるような気がしてきた。

「甘い酒が好きなの？」

「そう、甘いカクテルなら飲める」

残念ながら、この冷蔵庫にはその種の飲み物はない。彼女が帰ったら飲むことにしよう。ひとりでビールを飲むのは悪い。そんなことを考えながら彼女に訊ねた。

「ところで、何か用かい」

「知りたかったの」

「何を」

「バカラ」

「バカラの、何を？」

「あんた、バンカーが出るかプレイヤーが出るか、目が読めるんでしょ？」

「いや、そんなことはできない」

「嘘《うそ》つき。それであんなに勝てるはずがないわ」

「最初はかなり負けていたのを見ていただろう」

「あれはちょっとしたミスだということはわかった」

「そうかな」

「目を読む方法があるならぜひ教えてほしいの」

「そんなものはないよ」

僕が答えると、彼女が腹を立てたように言った。

「ユー・アー・スティンギー！」

スティンギーというのは、けちん坊というような意味の単語だったと思う。

そして、彼女は驕慢《きょうまん》な口調でこう付け加えた。

「いいじゃない、こんなに頼んでるんだから」

僕はやっぱりビールを飲むことにした。缶から直接飲もうと思ったが、グラスを冷蔵庫で冷やしておいたのを思い出した。取り出したグラスにハイネケンを注いでいると、彼女が言った。

「わたしももらおうかな」

「甘くないよ」

「わかってるわ」

彼女はそう言うと、注ぎ終わったグラスを手にとってしまった。僕は残りのビールを缶から直接飲むことにした。

彼女はグラスに口をつけほんのひとくち飲んだが、顔をしかめて言った。

「やっぱり苦い」

僕はつい笑ってしまった。すると、彼女が怒ったような口調で言った。

「じゃあ、どうしてあんなに勝てたの」

また、バカラの話に戻ってしまったらしい。だが、自分にもよくわからなかった。

だから、正直に言った。

「どうしてか自分にもよくわからない」

「一度に五千ドルや一万ドルを賭けて十万ドル稼ぐ人はたくさんいる。でも、あんたのように、ずっと五百ドルしか賭けなくて三万ドルも勝った人は見たことがない」

もともとの種銭は一万ドルだったから純粋の勝ちは二万ドルということになるが、彼女の言おうとしていることは、たとえ三万が二万になっても同じだったろう。

ふと、彼女が腕時計に眼を落とした。反射的に、僕はベッドサイドのテーブルにのっているデジタル時計の数字を見た。「11：55」となっている。

「あっ、そろそろ行かなくちゃ」

彼女が言った。

「シンデレラ？」

僕が言うと、彼女は意味がわからないというような顔をしてこちらを見た。シンデレラのように午前零時までには帰らなくてはいけないことになっているのかというつもりだったが、もしかしたらシンデレラという僕の日本風の発音がわからなかったのかもしれない。そう言えばアメリカ人はシンダレラというように発音していた記憶がある。シンダーは消し炭。だからシンダレラとは消し炭のように煤《すす》けた女の子という意味なのだと教えてもらったことがあった。しかし、わざわざ言い直すほどのことはない。僕は首を振った。

「いや、なんでもない」

すると、彼女は立ち上がりながら言った。

「今度は、絶対に目の読み方を教えてね」

そして、ドアに向かうと、さようならも言わないで、まるで小さなつむじ風のように出ていってしまった。

僕は缶に残っているビールを飲み干しながら、彼女はいったい何者なのだろうと考えた。

娼婦でないとしたら、彼女が言っていたとおり純粋に目の読み方が知りたかっただけなのかもしれない。しかし、娼婦ではないように思えるが、いわゆる素人《しろうと》とも思えない。なんとなく崩れた気配を身にまとっている。あのバカラでの賭け方といい、見ず知らずの僕に対する振る舞いといい、どこか傍若無人《ぼうじゃくぶじん》の趣《おもむき》がある。何者なのだろう。しかし、いくら考えても、中国社会についての知識のない僕にはわかりそうになかった。

4

翌日の夜、なんとなくまたリスボアの二楼に足を向けると、最低の賭け金が百ドルという安いレートのバカラの台に坐っている彼女を見かけた。

そこは、中央の大きな台のように、立って賭けている客に取り囲まれているというほどの混み方ではない。僕もタイミングを捉《とら》えてすぐ席につくことができた。

そこもまた、彼女とは、ディーラーをはさんで反対に位置する席だった。しかし、彼女はこの日、僕に対抗することなくほとんど同じ目に賭けつづけた。そして、二人とも着実に勝っていった。僕たちは同じように勝っていったが、彼女は一度に賭ける額が大きいので、すぐに二万ドル、三万ドルと増えていく。

そのシリーズが終わり、コーヒーを飲むつもりで席を立つと、彼女があとから追いかけるように近づいてきた。

「おなかは空《す》いてない？」

その言い方が、以前からの知り合いであるかのように自然だったので、つい僕もうなずきながら言ってしまった。

「とても空いている」

時計を見ると、もう八時を過ぎている。

「どこかで何かを食べようか」

僕が誘うと、彼女はうなずいてから言った。

「中国人の行かない店を知ってる？」

自分の知らない店、新しい店に行きたいのだろうと判断した僕は、村田明美に先日連れていってもらった居酒屋風の店に行くことにした。

バカラの台の上には、戻ってくる意志を示すために小額のチップを残してある。僕たちはそれをピックアップすると、ホテルの一階から東翼大堂の外に出た。

僕は歩いていこうと思っていたが、彼女が先に扉の前で待っているタクシーに乗り込んでしまった。

「ティエンシェンシャン」

あとから乗り込んだ僕が覚束《おぼつか》ない発音で行き先を指示すると、それでも運転手は理解してくれたらしく黙って車を走らせた。ティエンシェンシャンは天神巷の中国読みだった。

その天神巷の入り口でタクシーを降りて少し歩き、店の前に出た。階段を昇り、引き戸を開けて中に入ると、彼女はもの珍しそうに店内を見まわした。

店主は、僕の顔を覚えてくれていたようだったが、一緒に入ってきたのが村田明美ではなく、別の女性だったことが意外だったらしく、いらっしゃい、という言葉に微妙なニュアンスがこもっているように思えた。

客はテーブルに二組、カウンターにひとりいるだけだった。

日本語で書かれたドリンクメニューをあらためて眺めてみると、サワーという欄に何種類かの飲み物があった。

今夜は充分勝つことができた。バカラはこれで切り上げて、飲むことにしよう。そう思った僕は、自分にビールをもらい、彼女には生のオレンジを搾《しぼ》り込むというオレンジサワーを頼んだ。

運ばれてきたオレンジサワーを一口飲んで、彼女が口元をほころばせた。

「おいしい」

喉を潤《うるお》すと、彼女が訊ねてきた。

「名前は？」

「航平」

僕が答えると、それを自分で発音して繰り返した。

「コ、ウ、へ、イ？」

「そう。君は」

「アイリーン」

「アイリーン？」

「オーストラリアではそう呼ばれていたの」

「オーストラリアにいたの？」

「三年前まで」

アイリーンによれば、香港の中国への返還にともなう混乱を恐れて、カナダやオーストラリアに移住する家族が多く出る中、彼女の父親は、これこそビッグチャンスと逆にオーストラリアから香港に戻り、不動産の売買で成功を収めているのだという。

彼女から受ける驕慢さの印象は、成金《なりきん》の娘というところからくるものなのだろうか。

僕が考えていると、アイリーンが不思議そうに訊いてきた。

「どうしてそんなに肌が焼けてるの」

「サーフィンをやっていて焼けたんだ」

「日本でサーフィンができるの？」

「できるよ。どこだって、海のあるところならできる」

「マカオでも？　香港でも？」

「確かめてないけど、たぶん」

しかし、と僕は付け加えた。

「ハワイやバリ島のようないい波には乗れないだろうけどね」

「ハワイやバリ島でサーフィンをしたことがあるの？」

「あるよ。ここに来る前はバリ島にいたんだ」

すると、アイリーンは素直な嘆声を上げた。

「わたしもバリ島でサーフィンをやってみたいなあ」

「やればいいじゃないか」

彼女がバカラの台で賭《か》けている一万ドルのチップ一枚で簡単に往復の航空券が買えるはずだ。僕がそう言うと、アイリーンは自嘲《じちょう》的に言った。

「肌を焼くと怒られるから」

「誰に？」

しかし、アイリーンはそれには答えなかった。そのとき、初めて彼女の抱えている昏《くら》さのようなものを感じた。気が強く驕慢だが、その奥に年齢にふさわしくない昏さが仄見《ほのみ》えるような気がする。アイリーンはサワーのおかわりを頼むと、それまでの話題を振り払うような調子で言った。

「さっき、ここに来る前はバリ島にいたって言ってたでしょ」

「うん」

「バリ島にはどのくらいいたの」

「約一年」

「そんなに長く何をしてたの」

「待ってたんだ」

「何を」

「いい波がくるのを」

アイリーンはふーんと言うように首をかしげたが、話題を変えるように言った。

「マカオにはいつ来たの」

「香港が中国に返還された日に」

アイリーンに信じられないという表情が浮かんだ。

「七月一日？」

「六月三十日」

「それからずっと？」

「それからずっと」

「三カ月以上も？」

「うん」

「何をしてたの」

「バカラをしてた」

「ずっと？」

「ずっと」

「毎日？」

「毎日……」

そして、心の中で付け加えていた。ここでも、待っていたんだ、いい波が来るのを、と。

アイリーンの眼に強い光が生まれはじめた。

「それで、ずっと勝ってる」

「いや、勝ったり負けたりだよ」

「勝ったり、負けたりで、マカオに三カ月もいられるはずがない」

「確かに。ここしばらくは勝ちより負けの方が多かったけれど、君に出会ってからまた勝ちはじめた。君は幸運の女神だ」

しかし、アイリーンは僕の言葉には反応せず、強い口調で訊ねてきた。

「あんた、次に出る目が読めるの？」

「いや、読めない」

「だったら、どうしてあんなに勝てるの？」

「たまたま勝っているだけだ」

「そんなことない。あんたには次の目が読めるんだと思う。どうして？」

あまりにも熱心な眼差《まなざ》しに、はぐらかしたような返事をするわけにはいかなくなった。

そこで、僕は思っているとおりのことを言った。

「もう少しで大事なことがわかりそうな気がするけど、まだわからないんだ」

「大事なこと？　それがわかれば次の目が読めるようになるのね？」

「いや、それすらも、まだわからないんだ」

「……いつまでマカオにいるの」

「それがわかるまで」

すると、アイリーンが笑った。その笑いは親しみのこもったものだった。同じ遊び仲間の愚かさを知って、あんたも馬鹿《ばか》ねえと言っているような笑いだった。

「バカラは好き？」

僕はアイリーンに訊ねた。

「好き」

「なぜ」

「わからないけど、好き」

ここにもひとりいる、と僕は思った。バカラに淫《いん》している人が、ここにもいると。

「金がほしい？」

「お金もほしい」

「もっとほしいものがあるの」

「負けたくないの」

「勝ちたいんじゃなくて」

「うん、負けたくない」

訳せばそうなるが、正確には、わたしは負けることを憎む、と言ったのだ。それで前夜の眼鏡の中年男との戦い方が理解できた。ある種の憎悪《ぞうお》を剝《む》き出しにして戦っていた。彼女はあの中年男に負けたくなかったのだ。あの中年男が憎いのではなく、負けることを憎んでいるから。

彼女もかつて負けたことがあるのだなと僕は思った。何かに、誰かに。それも手ひどく負けたことがある。僕が冬のノースショアーで手ひどい敗北を喫したように。

その瞬間、僕はアイリーンにいじらしさのようなものを覚えてしまった。

店を出る前に勘定を払おうとすると、アイリーンが自分で払うと言ってきかない。

「払いたいの」

しかし、店主が相手をせず、僕から金を受け取ると、アイリーンが中国語で悪態をついた。

「＊＊＊＊！」

店主は苦笑したが、僕には意味がわからなかった。

水坑尾街に出たところに流しのタクシーが走ってきた。少し遠まわりになるが、それを拾ってリスボアに戻った。

僕はもうカジノに行かないことにしていたが、アイリーンがどうするつもりなのかわからなかった。わからないまま、東翼大堂のエレベーターホールの前に立ち、昇りのボタンを押した。

アイリーンはなんとなく周囲を気にしているような気がする。だが、エレベーターの扉が開くと、僕とは他人のようなふりをして滑り込んできた。そして、十階で降りると、当然のように部屋までついてきた。僕はアイリーンがどうしたいのかわからないまま、ポケットからカードキーを取り出して扉を開けた。

部屋の中に入ると、アイリーンがバスルームに入った。

僕は窓辺に歩み寄り、外に見えるタイパ大橋に眼をやった。そこを行きかう車のヘッドライトやテールランプが見えたり消えたりしている。

しばらくすると、バスルームからシャワーを浴びる音が聞こえてきた。

やがて、水の音が途絶え、バスルームの扉が開閉する音が聞こえたが、そちらに眼をやらなかった。

すると、突然、部屋のスイッチが切られる音がし、真っ暗になった。いや、真っ暗ではなかった。窓から斜め向かいに立っている中国銀行のネオンの光が差し込んでくる。その光で部屋の中のものはうっすらとだが輪郭がわかる。

アイリーンはバスタオルを体に巻くこともせず、素裸のまま小走りでベッドに近づいた。ほっそりとした少女のような体の線が僕の眼の端に留まったのも一瞬のことだった。アイリーンは素早くブランケットの下の白いシーツの中に滑り込んだ。

僕が意外な展開に戸惑《とまど》っていると、アイリーンがシーツから顔だけ出して言った。

「来て」

僕がシャワーを浴びてきた方がいいのかなと考えていると、それがわかったのか、また言った。

「そのままでいいから」

僕は依然として戸惑っていた。時間が経《た》つにつれて明らかになっていくアイリーンの幼さが、流れのままに動いていいものかどうかをわからなくさせていたのだ。しかし、窓から忍び込む明かりに微《かす》かに浮かんでいるアイリーンの顔は、年齢を超えた美しさに輝いていた。酒はたいして飲んでいなかったから、僕が酔っていたはずはない。

僕は服を脱ぐと、アイリーンが潜り込んでいるブランケットの中に入った。しかし、自分の手をどうしたらいいかわからずブランケットの外に出していると、アイリーンはこちらに向き直り、いきなり体を寄せてきた。僕は、思わず、片手を背中にまわしてしまった。その肌はひんやりとし、同時にすべっとしていた。それは、日本の女性の肌とも、ハワイの女性の肌とも、バリ島の女性の肌とも違っているように思えた。そのままの体勢でじっとしていると、しだいに肌と肌の接しているところに熱がこもってきた。

しかし、背中にまわした手はぎこちない動きしかできない。まるでそれは壊れ物を扱うような動きだったかもしれない。戸惑いとためらいが僕の手の動きから自然さを奪っていた。

それが伝わったのか、アイリーンがいきなり激しく抱きついてきた。その拍子に、背中にまわしていた僕の手に力が入り、もう一方の手をアイリーンの首の下から差し入れると、強く抱き締めることになった。

アイリーンの体にはほとんど無駄な肉がついていなかった。まさに固い果肉をつけた青い果物のようだった。冷たくひやりとしている。しかし、全身をゆっくりまさぐっていくと、一カ所だけ溶けはじめたバターのような柔らかさをもった部分がある。それは腿《もも》の内側で、そこから性器にかけての部分が、固い果肉のような体と独立して、熟れたように柔らかく、熱かった。その触感が僕の官能を激しく揺り動かし、ためらいを吹っ切らせた。

どのくらい時間が経ったのか覚えがない。上になり、中に入った瞬間、小さく息を呑《の》む声が聞こえたが、そのまましばらくじっとしていると、内部で小さくはぜるような感触があり、それから不規則な律動が始まった。

僕がゆっくり動きはじめると、背中にまわされたアイリーンの腕に少しずつ力が加わり、上半身が反り返りはじめた。僕はしだいに快感をコントロールできなくなっていった。どうしたらいいのか。外に出すか、それともこれで動くのを止めるか。快感の頂点に向かいながら頭の片隅で考えていると、とぎれとぎれに小さな声を上げていたアイリーンが、僕の耳元でささやいた。

「気にしなくてもいいの。心配ないようにしてあるから」

僕はその言葉にうながされるようにして、一気に快感の頂点に駆け登っていった。

……ほんの一瞬のことだったと思うが、ふっと眠り込んでしまったらしい。僕の胸元に顔を埋めていたアイリーンの言葉で眼が覚めた。

「煙草《たばこ》吸ってもいいかしら？」

「もちろん」

僕が言うと、アイリーンは起き上がろうとした。それを押し止《とど》め、僕がベッドを出て、ハンドバッグと灰皿を取って、ベッドサイドのテーブルに置いた。

アイリーンは煙草に火をつけると、天井に向かって薄紫色に見えるけむりを細く吐いた。そして言った。

「初めてだった」

それを聞いて、息を呑みかけたが、すぐにそんなことはないと打ち消した。何かの聞きまちがいだろう。だが、そのあとにすぐ続けた言葉によって、聞きまちがいではないことがわかった。

「日本人とするのは」

安心した僕もアイリーンに言った。

「僕も初めてだった、中国の女の人は」

ちらりと李蘭の顔が浮かびかかったが、彼女とはベッドを共にすることはあっても、セックスをしたことは一度もなかった。

アイリーンはたった一服しただけで煙草を灰皿に押しつけて消すと、天井に眼をやったまま、深く満足そうな息を吐いてから言った。

「よかったわ、とても」

僕も、と胸のうちでつぶやいたが言葉には出さなかった。すると、アイリーンがひとりごとのようにつぶやいた。

「やっぱり若い人はいいわ」

僕よりはるかに若いのに、何を背伸びしたようなことを言っているのだろう。僕は笑い出したくなるのを必死に我慢した。

しかし、そこで、何を言っているんだい、と冗談めかしてでもその言葉の意味を訊ねていたら、それからの面倒なことには巻き込まれずに済んでいたかもしれない。いや、訊ねていても、アイリーンが正直に答えていたかどうかはわからない。そして、かりに正直に教えてくれたとしても、僕がそのまま引き下がったかどうかは疑問だったから、結局は同じことだったかもしれない。

それからアイリーンとは毎週のように会った。彼女は香港から木曜日にマカオに来ると、二日泊まって土曜日に帰っていく。そして、いつも夜の早い時間帯にバカラをする。僕も同じテーブルでバカラをする。アイリーンは僕が賭ける側の目を忠実に追ってくる。奇妙なことに、それ以外の曜日には勝ったり負けたりしているのに、離れた席でアイリーンと連携して賭けている木曜と金曜のバカラでは、トータルでほとんど負けることがなかった。僕は依然として五百ドルを単位として賭けていたが、アイリーンはいつの間にか千ドルや二千ドルではなく、五千ドルを中心に賭けるようになっていた。それもあって、アイリーンは一晩で十万ドル近く勝つときもあった。

僕は適当なところで切り上げて部屋に戻る。すると、少し遅れてアイリーンが部屋にやってくる。どうやら、僕と一緒のところを誰かに見られたくないらしい。もしかしたら、香港の芸能人なのかもしれないと思ったりもしたが、一緒にバカラをしている中国人の男たちが単なる美人に対する反応という以上のものをしないところを見ると、そうではないのだろうと思えた。

最初のときのようにどこかで食事をすることもなく、すぐにベッドに入った。ベッドの中のアイリーンはしだいに伸びやかになっていった。バカラの台の前ではひたむきに僕に付き従ってくれる。僕が「庄」に賭ければ「庄」に、「閒」に賭ければ「閒」に賭けようとする。そのアイリーンが、ベッドの中では、別人のように自由に振る舞うようになってきたのだ。

初めの頃は自分から動くということがほとんどなかった。ところが、僕とのセックスに慣れてくると、僕の手の動きに反応して、求めたり、拒むふりをしたりする。それだけでなく、僕の上になったり、下に潜り込んだりもする。そのしなやかな体の動きは、珊瑚礁《さんごしょう》でシュノーケリングをしているときに見る色鮮やかな魚たちより、山陰の川を泳いでいるときに眼にすることのあった単色系の若い川魚を思い出させるものだった。

やがて、ひやっとし、すべっとしている肌が、微かに湿り気を帯び、僕の肌に絡《から》みつくように密着してくる。それからの時間はほとんど長さを忘れるほど熱中することになる。

しかし、午前零時に近づくと、入念にシャワーを浴びて部屋を出ていく。どうしてか不思議だったが、なぜとは訊ねなかった。話せることなら、とうに話しているだろう。

もしかしたら、不動産で成功しているという父親と一緒に来ているのかもしれないとも思った。

まさにおとぎ噺《ばなし》の中のシンデレラのように、午前零時までには帰ってしまうアイリーンと会える木曜日を、僕は待ち遠しく思うようになった。

5

月曜日の昼過ぎだった。いつものように「福臨門酒家」から戻って部屋にいると、電話が掛かってきた。

レセプションからかなと思いながら受話器を取り上げた。

「もしもし」

聞こえてきたのは李蘭の声だった。珍しい、というより、初めてのことだった。李蘭はこれまで電話を掛けてきたことがなかった。

「しばらく……」

僕が言いかけると、それを遮るように李蘭が言った。

「会いたいの」

そして、話したいことがあるのだ、と付け加えた。それも珍しいことだった。いや、それもまた、初めてのことだった。だが、李蘭の声の響きがあまりにも切迫したものだったので、もしかしたら劉さんの具合が悪いのかもしれないという気がした。

李蘭とは、劉さんの部屋で別れて以来、一度も落ち着いて話をしたことがなかった。

劉さんの部屋を出ていくとき、李蘭は捨て台詞のようにこれから仕事に行くのだと言っていた。「今日から、またね」と。しかし、それから数日間はリスボアの通路を回遊している李蘭を見かけたが、また、ふっつりと姿を見なくなっていた。気にならないことはなかったが、アイリーンとの関係がなんとなく李蘭に会いにくくさせていた。

電話を掛けてきた李蘭とは、美麗街の「マノス」で、午後二時に会う約束をした。僕は二時十五分前にホテルを出た。歩いて十分もかからない。五分前には着いているはずだった。

やがて十一月になろうというのに、外に出るとやはり汗をかきはじめる。水坑尾街から美麗街に入ると、すぐに「マノス」の看板が見えてくる。ところが、店の十メートルほど手前で、不意に僕の両脇《りょうわき》に二人の男が並び、何なのだろうと思う間もなく両腕を取られてしまった。そのまま「マノス」のドアの前を通り過ぎ、歩かされた。

「何だ、おまえたちは」

そう叫ぼうとして、すぐうしろからついてくる人物によって背中に固いものが押し当てられたのがわかって、声を呑んだ。

〈銃？〉

まさか。しかし、薄いＴシャツの布地を通して背中に感じられるのは固い金属の丸い銃口のようにしか思えない。二人の男に両腕を取られ、背後から誰かに銃を押し当てられているという非現実的な状況に、僕は何をどう考えたらいいのかわからず一種の判断停止状態に陥ってしまった。

「＊＊＊＊＊＊！」

背後で僕の背中に何かを押し当てている男が、低く鋭い声を出した。言葉はわからなかったが、黙って歩けというようなことを言っているのだろうと思えた。

言われるまでもなく、声を上げて騒ぎ立てるつもりはなくなっていた。男たちが誰なのかまったく見当はつかないが、自分が極めて危険な立場にいるらしいということはよくわかった。僕は、ただ男たちと同じ歩調で歩きつづけるより仕方がなかった。

男たちは、美麗街を突っ切り、大堂斜巷《ダイトンチェーホン》の通りに出ると、しばらく立ち止まっていたが、やがてそこに横づけされた紺色のベンツに僕を押し込んだ。両腕を取っていた男たちがそのまま両隣に、そして背後にいた男が助手席に乗った。

車が走り出すと、助手席に乗った男が、ガムテープを真一文字に僕の口に貼《は》った。それから、隣に坐《すわ》ったひとりにそのガムテープを渡した。渡された男は、僕に手をうしろにまわさせ、その手をぐるぐる巻きにした。

そして、最後に、眼の上にガムテープを貼った。

何も見えなくなってしまった。

突然の闇《やみ》の中で、しかし不思議と恐怖心はなかった。ただ、これをはがすとき睫《まつげ》や眉毛《まゆげ》が抜けてしまうのではないかと思い、そのときの痛さを想像して身震いが出そうになった。

それにしても、いったい誰が何の目的でしているのかがわからない。何かの間違いなのではないか。そうでなければ、誰かと取り違えているのではないか。

取り違え、という言葉が頭に浮かんでくると、そうに違いないと思えてくる。僕などを拉致《らち》する理由がない。

〈きっと、そうだ。そうに違いない……〉

どこに行くのか。車の走る方向を記憶しようと思ったが、すぐに無駄なことだと悟った。マカオの中心地には真っすぐの道などほとんどないも同然なのだ。

坂を上り、坂を下り、海沿いの通りに出たらしい。窓が閉まっていて空気の匂《にお》いはわからなかったが、なんとなく左側が明るく開けた場所のような感じがしたからだ。

そこから、しばらく行ったところで車が停まった。

先に降りた男に腕を引っ張られ、僕はよろけるようにして、車の外に出た。

また、二人に両腕を抱えられ、歩きはじめた。

そして、暗い建物に入った。無人の建物らしい。靴音の反響でそれがわかる。

立ち止まり、ひとりの男が中国語で何か言った。

「＊＊＊＊」

気をつけろと言っているらしい。そこはたぶん階段なのだ。そして実際、片足を上げて前に踏み出すと、途中で着地する。やはり、階段だった。

僕は二人に抱えられたままゆっくりと階段を上った。数えていると、十三段で踊り場になる。向きを変えて、また十三段。二階に着いたらしかったが、それで終わりではなかった。

二十六段を合計四回、五階に上がった。どうしてエレベーターを使わないのだろうか。たぶん、この建物自体が使われていないのだ。新しいからか、古いからか。匂いはかび臭い。ということは、たぶん使われなくなった古い建物に連れ込まれたのだ。だから、電気も通っておらず、エレベーターも使えない。僕は廃墟《はいきょ》のような建物に連れてこられたらしい。

それがわかって、酸《す》っぱい塊《かたまり》のようなものが喉元《のどもと》に込み上げてきた。酒を飲みすぎたときの気持の悪さに似ていたが、酔っているはずはなかった。これが恐怖というものなのだろうか……。

階段から廊下らしいところを少し行くと、重い金属製のドアが開く音がして、そこに入っていった。誰かが椅子《いす》を引きずってくる音がして、そこに坐らされた。

そして、眼に貼られていたガムテープを一気にはがされた。ガムテープにくっついていた部分の眉毛と睫が抜けたらしく、鋭い痛みが走った。

何に使われていたのか、そこはガランとした長方形の部屋だった。小学校の教室なら二つは入るかもしれない。片隅に何脚かの椅子が転がっている。

窓から光が入ってくるため、最初のうちは眩《まぶ》しくて眼を細めていなくてはならなかったが、やがてそこに男が四人立っているのがわかった。

ひとりが僕に向かって何か言った。

「＊＊＊＊＊＊＊＊＊＊」

僕はわからないというように首を振った。

すると、別のひとりがその男に何か言った。言われた男は苦笑しながら僕に近寄り、口に貼られているガムテープを引きはがした。

僕も気がついていなかったが、これでは言葉がわかったとしても何も話すことはできない。

ガムテープを丸めて捨てると、男はまた同じ台詞を投げかけてきた。

「＊＊＊＊＊＊＊＊＊＊」

僕にはまったくわからない。

「わからない」

日本語で言った。

それを聞くと、ひとりがジャケットのポケットから携帯電話を取り出し、どこかに掛けはじめた。そして、出てきたらしい相手とふたこと、みこと、短いやり取りをした。それで了解し合ったのか、また携帯電話をポケットにしまい、煙草を吸いはじめた。

ひとりが吸うと、他の三人も次々に吸いはじめた。

誰かが来るのを待つつもりらしい。そして、煙草を吸いながら話をしはじめた。何がおかしいのか、こちらに視線を向けて野卑《やひ》な笑い声を上げたりもする。

しかし、とりあえず、その誰かが来るまで危険は先延ばしにされたらしいことが察知できた。ホッとしたとたん、李蘭が「マノス」で待っていることを思い出した。何も知らない李蘭は、僕が来るまでずっと待っていてくれるだろう。以前、うっかり約束の時間を大幅に間違えたときも、黙って待っていてくれたことがあった。勘違いしていたことに気がつき、慌《あわ》てて駆け込んだ僕が必死に詫《わ》びると、いま自分も来たばかりのところだというような涼しげな顔で、黙ってハンカチを手渡してくれた。僕が汗だくになっていたからだ。

〈適当なところで切り上げて帰ってくれればいいが……〉

そう思った次の瞬間、火花のように閃《ひらめ》くものがあった。ひょっとすると、僕がいまこのような目に遭っているのは、李蘭に関係する何かによっているのではないだろうかと。

リスボアを回遊している娼婦《しょうふ》たちはほとんどが売春業者に抱えられており、李蘭やイリーナのようないわば個人営業の娼婦は極めて少数派だと聞かされている。李蘭によれば、彼女たちのような娼婦は売春業者によるピンハネは受けなくて済むが、危険なことに巻き込まれる率も高くなるということだった。

いつだったか、李蘭が僕の部屋を初めて訪れ、少し休ませてくれないかと頼んできたときも、ほとんど輪姦《りんかん》同然の仕打ちに遭ったあとだったらしい。客の部屋に行くと、ひとりのはずが、他に四人も男がいて、かわるがわる何度も相手をさせられたのだという。売春業者に抱えられていれば、その業者に連なる組織の名を出せば客たちも無謀なことをしないだろうし、もし万一、実際にされたりすれば、それなりの報復を講じてもらえる。しかし、個人営業の娼婦たちは泣き寝入りするしかないのだという。もしかしたら、その男たちは李蘭が売春業者に抱えられていないということを知って、そんなことをしたのかもしれないとも言う。

李蘭は売春業者とのあいだに何らかの問題を抱えているのかもしれない。そう言えば、イリーナに李蘭が泊まっているホテルの名を訪ねたとき、心配そうに頼んでいたではないか。「李蘭にトラブルを持ち込まないでやって」と。

僕は誰かと取り違えられたのではなく、この男たちは何らかの理由で李蘭と親しい僕を拉致したのだ。李蘭が話したいと電話で言っていたのはこのことだったのではないか……。

僕は徐々に不安になってきた。まったく言葉が通じないというこの状況で、彼らの誤解をどう解いていいか皆目《かいもく》わからなかったからだ。

6

三十分くらい過ぎたろうか。ドアが開いて、入ってきた男たちがいる。

これもまた四人だったが、部屋にいた四人がそのうちのひとりに向かって軽く礼をした。

サングラスを掛けているその男がどうやらボスのようだった。小太りで背は低いが威圧感があった。これで彼らが素人《しろうと》でないことははっきりした。村田明美が言っていた「マフィアとか黒社会とか」という世界の人たちだろう。やはり、マカオの売春業者と深い関わりを持つ集団のように思える。だが、その彼らが、いったい僕にどんな用があるというのだろう。李蘭とは親しいが、商売とはまったく無関係なのだ。何かの誤解があるはずだ。しかし、言葉が通じない彼らにどうやってその誤解を解けばいいのだろう。

僕は途方に暮れかかったが、いちばん最後に背中を丸めるようにして入ってきた男を見てホッとした。それが、カジノで話しかけられ、南湾街の交差点でも出くわしたことのある、頭髪の薄い中年男だったからだ。彼がどこの国籍の人か確かめることはなかったが、少なくとも流暢《りゅうちょう》な日本語を話していた。言葉が通じると思うと、それまで徐々に高まっていた不安感が一挙に鎮《しず》まっていった。

薄毛の中年男は、僕が坐らされている椅子に近づいてくると浮き浮きした口調で言った。

「言わないこっちゃない。早く日本にお帰りなさい。あんなに忠告したのに、あなたはまともに取り合おうとしなかった。そのあげくがこれです。ところで、あなたはまったく中国語がわからないんですか」

「わからない」

「三カ月もマカオにいて、広東語のいろはも学ばなかったというわけですね。バカラばかりで」

「そうだ。そうだが、こいつらは何だって僕を……」

「まあ、まあ、そう急がないで」

そして、薄毛の中年男はサングラスの男に向かって何か言った。男も短く返事をした。その言葉の中に、イヅという僕の名前が入っていた。誰かと勘違いされているわけではないのだ。

「あなたは伊津さんですね」

「そうだ。何でこんなことをするんだ」

「何でこんなことをするんだ。さて、あなたには理由がわからないとおっしゃる」

「当たり前だ」

「当たり前だ。当たり前でしょうかね」

「こいつらは……いや、あんたたちは誰なんだ」

「あんたたちは誰なんだ。それではいちおう私の立場をお知らせしておきましょう。私はしがない通訳です。中国では伝えて訳すと書いて傳譯。アメリカならインタープリター、江戸時代の日本なら通弁。中国語、ここでは広東語ですが、それを日本語に、日本語を広東語に翻訳する。ここに広東語をまったく解さない日本人がいるとします。どうしても広東語で伝えたいことがある人は私を雇う。もちろん、別の通訳でもいいんですが、犯罪がらみの場合は、引き受ける人が限られてくる。そうです、この界隈《かいわい》には私しかいない。それで、私の登場とあいなるわけです」

「犯罪？」

「犯罪。そうです。密輸、密航、まれに殺人」

「なんで僕がこんな目に遭わなくちゃならないんだ」

「なんで僕がこんな目に遭わなくちゃならないんだ。はて、あなたはわからない」

僕の言葉をいちいち繰り返すのが癇《かん》にさわる。しかし、日本語を解するのは、この薄毛の中年男しかいないのだ。

「わからない」

僕が吐き捨てるように言うと、薄毛の中年男は微かに笑みを浮かべながら言った。

「わからないとおっしゃる。でも、少しは察しがついているんじゃありませんか」

「わからないから訊《き》いているんだ」

「わからないから訊いているんだ。なるほど。だから、ここに連れられてきたんでしょうな。本当なら、そのまま船に乗せて、沖合で石でも抱かせて海に叩《たた》き込めば簡単だったんでしょう。でも、こちらにいらっしゃる私のお得意さんが、どうしてもあなたと話をしたいとおっしゃる。というより、自分の手で痛めつけたいとおっしゃる。それくらい腹を立てていたということなんでしょう。海に放り込むのはそのあとにしたいと思われたんですな」

「なぜだ」

「なぜだ。あなたにはまだおわかりにならない。あなたはそんな愚鈍な青年ではないようにお見受けしますけどね」

「李蘭のことか」

「李蘭のことか。いえ、そうじゃありません」

そして、薄毛の中年男は一呼吸置くと、嘲笑《ちょうしょう》するように言った。

「女のこと、ではありますがね」

そのとき、不意にアイリーンの言葉が思い出された。

――やっぱり若い人はいいわ。

そうか、まったく気がつかなかったが、問題は彼女だったのだ。

「そうです、ようやく気がつきましたね」

「……アイリーン」

「アイリーン。そうも言います。私のお得意さんはそうは呼んでいないようですがね」

「アイリーンがどうしたというんだ」

「彼女は、私のお得意さんがようやく手に入れた大事な宝石だったんです。それを、日本人の若造なんかに奪われてしまった。どんなわがままも許していた私のお得意さんも今度だけは我慢ができなかった」

サングラスの男が薄毛の中年男の長広舌《ちょうこうぜつ》を遮るように何か言った。

「私のお得意さんがあなたは結婚しているのかとお訊きになっている」

僕は首を振った。

「海の底に沈んだら悲しむ人はいるか、ともお訊きになっている」

僕はまた首を振った。

「いてもいなくてもあなたの運命は決まったようなものですけど、いないならなおいい」

サングラスの男が部下から何かを受け取って僕に近寄ってきた。それを見て、薄毛の中年男が言った。

「素手で殴ると、殴った手が痛い。金属や木材の棒で殴ると血が飛び散って汚らしくなる。それで、こういうときは、これを使うんですね」

それはスリコギくらいの棒状のもので、棒でないのは半分くらいのところでフニャリと折れているのでわかる。

「この革の中には砂が入っている。だから、殴っても皮膚は裂けず、血は飛び散らない。でも、打撃の凄《すさ》まじさは金属に劣ることはないんです」

サングラスの男は、僕の前に立つと、その砂の棒で軽く払うように僕の側頭部を殴りつけた。

僕は椅子から吹っ飛んで床に落ちた。

一瞬、意識が遠くなったように思えたが、遠くから薄毛の中年男の声が聞こえた。

「なかなかのものでしょう」

そして、すぐに、頭の奥にずしりとした重い痛みが沈み込んできた。

僕は部下の手でまた椅子に坐らされた。

サングラスの男は、うしろにまわしてガムテープで留められている僕の手の、上腕部を砂の棒で殴った。

「うっ！」

思わず声を洩《も》らしてしまったが、骨が折れたかもしれないと思えるほどの衝撃だった。

サングラスの男は、僕の横に廻り、片手でバットのスイングをするようにして、僕の胸に砂の棒を叩き込んだ。息が詰まり、あまりの痛さに声も出せずに背中を丸めると、その背中に砂の棒が振り下ろされた。僕は椅子から床に顔を突っ込むようにして崩れ落ちた。薄れていく意識の中で、薄毛の中年男の声だけがはっきり聞こえる。

「私のお得意さんは、あんまり簡単に気を失わないでほしいとおっしゃってます」

部下にまた椅子に坐らされた僕は、サングラスの男の砂の棒によって体のいたるところを殴られつづけた。

しかし、どうして顔を殴らないのだろう。苦痛に耐えながらぼんやり意味もないことを考えていると、薄毛の中年男は僕が口にも出さないのにこう言った。

「顔は最後です。口がきけなくなると困りますからね」

僕はアイリーンとセックスをした。たぶんアイリーンはこのサングラスの男の愛人なのだろう。しかし、それが、どうしてこんなことにまでなるのか。

「ど、う、し、て……」

僕が絶え絶えに声を出すと、薄毛の中年男が子供に何かを教えでもするように、過剰な丁寧さで言った。

「あの美しいお嬢さんは私のお得意さんの宝物のような存在なんですね。だから、欲しいものは何でも買い与え、カジノで遊ぶ金も自由に使わせていた。一日に五万ドルや十万ドル負けるくらいなら何ということもなかったんでしょうな。いや、それが二十万でも三十万でも笑って済ませていたかもしれません。ところが、ここ最近になって、不思議と負けなくなってしまった。いったいどうしたのか。調べてみるとあなたという存在が浮かんできた。あなたと付き合うようになって、バカラに勝つようになってしまったことがわかった。それがどうして悪いんだ、とあなたは思ってらっしゃる。悪いんです。あのお嬢さんが負けているぶんには少しもかまわない。しかし、勝つのは困るんです。もちろん、百万や二百万くらい勝ったからといって私のお得意さんとあのお嬢さんの関係がどうにかなるというわけのものではないんですが、あのお嬢さんが勝つことで自信を持つようになってしまった。妙に反抗的になってきてしまったんですな」

少しずつアイリーンの置かれている状況が理解できてきた。同時に、僕の置かれている状況も。

「私のお得意さんは、最初のうち、もしあなたがおとなしく日本に帰るのなら許してあげようと思っていたそうです。ところが、あなたはバカラで勝たせるだけでなく、あのお嬢さんの体に決定的なことをしてしまった。もう元に戻らないくらい決定的なことをね」

薄毛の中年男は決定的というところに妙なアクセントをつけて言った。

「あなたはあのお嬢さんに何をしたのだと私のお得意さんはお訊《たず》ねになっている」

僕には何をどう答えればいいのかわからなかった。

「肌が変わってしまったとおっしゃってる。この短期間に、どうしてだと」

うるさい、ただセックスをしただけだ、と僕は胸のうちでつぶやいた。

「ただセックスをしていただけだ！　そうおっしゃるんですね。ただセックスをしただけで変わってしまったんだと。私のお得意さんが二年もかけて育てあげた宝石のような体を、ただ何回かセックスをしただけで、変えてしまったんだと」

その大仰《おおぎょう》なもの言いに吐き気を覚えた。

「はて、それをそのまま私のお得意さんに伝えてしまっていいものかどうか。私はちょっと恐ろしいので考えさせていただきます。あなたのとばっちりを私も受けそうなのでね」

薄毛の中年男は、サングラスの男に何か短く報告すると、僕に向かって猫撫《ねこな》で声《ごえ》を出して言った。

「ここいらでイノチゴイをしてみたらいかがですか」

「イ、ノ、チ、ゴ、イ？」

僕は薄毛の中年男の方に顔を向けながら微かに口を動かした。

「そう、イノチゴイ。イノチをコウんです。床に這《は》いつくばって土下座をし、足に取りすがって助けてくださいとお願いをする。そうすれば、私のお得意さんも、ひょっとしたら命だけは助けてくれるかもしれませんよ」

イノチゴイとは命乞いのことだったのか。僕は視線を薄毛の中年男の顔から床に戻した。ここに這いつくばって命乞いをする。馬鹿《ばか》ばかしい。

次の瞬間、サングラスの男が凄まじい力で砂の棒を太腿に振り下ろした。ジーンズの上からだったが、つい呻《うめ》き声を洩らしてしまうほどの痛さだった。そして、また、バットのスイングのような殴り方で臑《すね》を狙《ねら》われた。

もう二度と歩けなくなってしまうかもしれない。そう思うと、言い知れない恐怖感が全身を襲った。しかし、殺されると宣言されているのに、そのことは少しも怖くはなかった。

死ぬことより、歩けなくなることを恐れている。僕はその奇妙さに思わず笑いそうになってしまった。そして、そのとき、劉さんに言われた「臆病《おくびょう》」という言葉が思い出された。

臆病さとは何だろう。人は自分の身を守ろうとするため臆病になる。自分の身を守りたいという思いは、最後のところでは命を惜しむというところに向かっていくものだろう。だが、僕は命を失うことを恐れてはいないらしい。とすれば、僕はたぶん臆病ではない。バカラの台で流れに従えないのは、臆病さとは違う何かによってなのだ。僕は臆病ではない。

それがわかると、つい笑みのようなものがこぼれてしまった。

「＊＊＊＊＊＊＊！」

サングラスの男が大声で叫んだ。

「何をヘラヘラ笑っているんだ、と私のお得意さんは怒っていらっしゃいます」

薄毛の中年男が通訳し終わる前に、サングラスの男の砂の棒が顔面に飛んできた。頬を横殴りにされると、しばらくして口の中から血が溢《あふ》れ出てきた。血が喉に入ってむせ返り、思わず床に血を吐き出すと、それがサングラスの男のズボンの裾《すそ》に飛び散った。

「＊＊＊＊＊！」

サングラスの男は、憎々しげに叫び、反対の頬をさらに強烈に横殴りした。

そのとき、扉がノックされた。金属の重く低い音が部屋の中に響いた。部屋にいる全員がそちらに顔を向けた。いや、僕は殴られたまま姿勢を崩さなかった。崩せなかったのだ。僕にはもう頭を動かすだけの力すらなくなっていた。

部下のひとりが鋭い声を出した。

「＊＊＊＊！」

誰だ、とでも言っているのだろう。僕はぼんやりした頭の中で、誰だ、誰だ、誰だと日本語で意味もなく繰り返していた。

返事がないまま扉が開いた。もともと鍵《かぎ》などかかっていなかったのだ。

「＊＊＊＊！」

「＊＊＊＊！」

何人かが驚いたような声を出した。

彼らのまったく予期していない人物の登場だったらしい。

僕は痛む顔を無理に扉の方に向けた。そして、扉から入ってきた人を見て眼を疑った。

そこに立っていたのが劉さんだったからだ。

劉さんは僕を見ると、落ち着いた声で、しかもどこかに笑いを含んだような声で言った。

「まだ生きてるか」

僕は喉の奥から絞り出すように言った。

「……生きて、ます」

劉さんはサングラスの男に向かって、中国語で何か言った。

サングラスの男が、鼻で笑った。

また、劉さんが何か言った。

それに対してサングラスの男が荒々しい口調で言い返した。

部下のひとりが、劉さんに近づき、胸をこづいて、扉の方に押し戻そうとした。一度、二度、しかし、三度目に胸を突こうとしたとき、劉さんは不意に男の手を払うと、いきなり男の眉間《みけん》に頭突きをした。男は絶叫して、床に這いつくばった。鼻からは血が噴き出ている。劉さんの行動にはその年齢の人とは思えない素早さがあった。

それを見て、もうひとりの男が、拳銃《けんじゅう》を取り出したのが見えた。この暑さの中でジャケットを着ていた男だ。拳銃を隠し入れておくためのジャケットだったらしい。連れて来られるときに背中に押し当てられたのは本物の拳銃だったのだ。その拳銃はさほど大きくないが、不気味に黒く光っている。

劉さんは銃が取り出されたのを見ても別に慌てる様子もなく、何か言った。

誰かの名前を出したようだった。

その名前を聞くと、そこにいる全員が緊張した。凍りついたといった方がいいかもしれない。

「＊＊＊＊！」

ボスが鋭く叫ぶように言った。すると、手下のひとりが慌ててポケットから携帯電話を取り出した。

劉さんが電話番号らしい数字をゆっくりと口にした。

その番号を押していた部下が、最後に通話ボタンを押して耳に当てていたが、誰かが出たのだろう、慌ててサングラスの男のところに持っていった。

サングラスの男は、ひとこえ聞いただけで、相手が誰かわかったらしく、みるみる緊張してくるのがわかる。

何も抗弁することなく、ただ相槌《あいづち》を打ちながら相手の言うことを聞いているだけだ。

そして、最後に、わかりましたというようなことをひとこと言うと、そこで電話が切られてしまったらしく、携帯電話を片手に持ったまま、しばらく茫然《ぼうぜん》と立ち尽くした。

そして、何も言わずに扉に向かった。薄毛の中年男が、その背中に向かって何か質問すると、手にしていた携帯電話を投げつけた。危うくそれを避けた薄毛の中年男は、そのまま、扉から出ていくサングラスの男を黙って見送った。

部下たちも、ひとりが鼻血を出して横たわっている男を助け起こし、別のひとりが床に落ちた携帯電話を拾うと、全員でボスのあとを追って出ていった。部屋には劉さんと薄毛の中年男と僕しかいなくなった。

薄毛の中年男は、卑屈な表情を浮かべながら僕の近くにやって来た。

「どうか私の顔は見なかったことにしてください。私はしがない通訳にすぎません。

ただ広東語を日本語に、日本語を広東語に通訳していたにすぎません。面倒なことに巻き込まれるのは困るんです。もうショータイムは終わったようです。あなたはこちらの御老人と一緒にお帰りくださってかまわないようです。私もここいらで失礼させていただきます」

そして、劉さんの方に向き直ると、おもねるように言った。

「いいでしょうか？」

劉さんが黙っていると、その沈黙に耐えられなくなったらしく、薄毛の中年男が言った。

「それにしても、あなたがこんなに日本語を上手にお話しになるなんて、思ってもいませんでした。これなら充分に通訳がおできになる。何だったら……」

「消えろ」

劉さんが鋭くひとこと投げつけると、薄毛の中年男はひとつお辞儀をして慌てて扉に向かった。

薄毛の中年男が部屋を出て行くと、劉さんが僕の坐っている椅子に近づいてきた。

「ありがとう……ござい、ました」

よくまわらない口で言うと、劉さんが言った。

「礼なら、李蘭に言え」

「李蘭に？」

「おまえがあいつらに連れ去られるところを、店のガラス越しに見たんだ」

そうだったのか。すでに「マノス」に来ていて、あのシーンを見てくれていたのだ。

「店を飛び出て追いかけると、ちょうど車に押し込まれるところだった。通りかかったタクシーに乗り、運転手にあとをつけてもらった。この建物に入るのを見届けてから、俺の部屋に来た。俺はある人のところに電話を掛け、李蘭が覚えてきたナンバーからその車の持ち主を調べてもらった。俺がその人に事情を話して、車の持ち主からおまえをもらいうけたい旨《むね》を告げると、そいつなら自分の名前を出すだけで話はつくと思うと言ってくれた。それだけだ」

劉さんはその人とどういう関係なのだろう。その人はマカオのどういう立場の人なのだろう。もしかしたら、劉さんと李蘭が僕の部屋で初めて言葉をかわしたときに出てきたリンとかいう人かもしれない。リン……何と言っただろう……。僕が考えるともなく考えていると、劉さんが静かな口調で言った。

「立てるか」

「ええ」

しかし、劉さんに手からガムテープをはがしてもらい、椅子から立とうとすると、殴られた腨に力が入らず、床に崩れ落ちてしまった。

劉さんは、僕を抱き上げ、椅子に坐り直させてくれた。

「少し待ってろ」

そう言い残すと、劉さんは開いているドアから外に出ていった。

しばらくして、ふたたび入ってきたとき、李蘭が一緒だった。

「ありがとう」

僕が言うと、いくらか青ざめている顔に微《かす》かな笑みを浮かべて李蘭が言った。

「よかったわ、無事で」

「無事でもないけど」

僕が冗談めかして言うと、劉さんが言った。

「命があれば、贅沢《ぜいたく》は言うな」

僕は劉さんと李蘭の二人に抱きかかえられるようにして歩きはじめた。

最初はまったく力が入らず、廊下から階段を降りるとき、腨に激痛が走った。折れているか、ひびが入っているか。

「痛いか」

「いえ」

痩《や》せ我慢をして言ったが、一段ずつ降り、足をつくたびに激痛が走る。しかし、それを繰り返しているうちに、足にいくらか力が入るようになってきた。痛みはさらに増して感じられるが、徐々に二人の肩に力を入れないで降りられるようになってきた。

その建物は、広い空き地にポツンと建っている古いビルだった。更地《さらち》になる直前にたった一棟だけ残った建物なのだろう。

空き地の端にタクシーが待っていた。劉さんと李蘭に座席に押し込んでもらい、それに乗ってリスボアに向かった。

助手席に坐った李蘭は、僕の方にいくらか体を向けるようにして言った。

「ちょうど忠告しようと思っていたところだったのよ」

なるほど、それで「マノス」で会おうとしてくれたのだ。

「もともとあの男はイリーナのお客だったの。香港からやって来ると、一度はイリーナを部屋に呼ぶの。でも、あの若い女の子が一緒に来るようになって、まったく呼ばれなくなった。すごく入れ込んでいるので有名だった。あの男がVIPルームで大きな勝負をしているあいだ、あの子は好きなように羽を伸ばしていた。イリーナはその子とあんたが一緒にいるのを何度か見かけたのよ。危ないと思った。それでわたしに教えてあげなさいと連絡してきたの」

「知らなかった」

「あんたは香港のマフィアのボスの女に手を出してしまったというわけ」

「父親は不動産業をしていると聞いたけど」

「借金のカタに売られたのかもしれないわね」

「いまどき、そんなことがあるかな」

僕が言うと、李蘭が素《そ》っ気《け》なく言い放った。

「あるわよ」

「そうかな」

「どっちにしろ、お金で飼われていたのは間違いないわ」

リスボアに着くと、二人に支えられながらホテルに入り、エレベーターに乗った。このあいだの劉さんと逆の立場になってしまった。僕はおかしくなって、ついひとりで笑ってしまった。

部屋に入ると、そのままベッドに倒れ込んだ。

劉さんが言った。

「二、三日、静かに寝てろ」

そして、さらに李蘭に向かってこう言った。

「少し残ってやれ」

李蘭がうなずくのを見て、僕が劉さんに言った。

「ひとりで、帰れますか」

すると、劉さんが苦笑しながら言った。

「馬鹿、自分のことを心配していろ」

李蘭は劉さんと一緒に部屋を出ていったが、しばらくすると鎮痛剤と大量の湿布薬を買い込んで戻ってきた。

まず、僕にペットボトルの水をひとくち飲ませてくれたあとで、鎮痛剤の白い錠剤を三粒含ませてくれ、さらにもうひとくち水を飲ませてくれた。

そして、僕の顔の血を冷たいタオルできれいに拭《ふ》き取ると、服をすべて脱がし、紫色に腫《は》れ上がっているところを中心に、丹念に湿布薬を貼《は》ってくれた。

鎮痛剤のせいか、あるいは李蘭の手にすべてを委《ゆだ》ねているという安心感からか、僕は眠気を催してきた。

「ごめん……ありがとう」

李蘭のせいだと誤解しかかったことの謝罪と、最高の方法で僕を助けてくれたことへの感謝を述べると、僕はそのまま翌日までまったく眼を覚ますことなく眠りつづけた。

第九章　島へ

1

さいわい臑《すね》の骨は折れていなかった。脚以外にも体のいたるところに赤黒い痣《あざ》が残ったが、何日かすると、それが銅にふく緑青《ろくしょう》のような色に変わっていった。ただ、頬を殴られたときに歯で口の中を切った疵《きず》が意外に深く、何かを食べると血が流れ出すようなことを繰り返した。

最初の二日間はベッドに横になったままだった。トイレに行くときは、動くだけで体全体をきしませる痛みに耐えるため、獣のような声を上げながら床を這《は》うように歩いた。電話で部屋の清掃は不要だと告げ、人の出入りを回避した。

三日目からは壁を伝いながらそろそろと部屋の中を歩けるようになったが、重い扉を開けて部屋から廊下に出るということができない。そのため、「福臨門酒家」はもちろんのこと、ホテル内のレストランにさえ行くことができなかった。

食事はルームサービスでなんとか済ますことができたが、つらかったのはトイレだった。力を入れると全身に激痛が走るので、便をするときに息むことができない。そのため便秘になる。便秘というものを経験したことのない僕にとって、それは殴られることより苦しい経験だった。なるほど、排便とはいかに全身の筋肉を使うものであることか、とあらためて思い知らされた。

それでも、一週間もしないうちに痛みは引きはじめた。まず、「福臨門酒家」に行って粥《かゆ》を食べることができるようになり、やがてサッカー場の裏にある屋台街の店にも足を延ばせるようになった。そして、以前と同じく、食事のあとはカジノに寄り、バカラの台を覗《のぞ》けるまでになった。

アイリーンを愛人にしていた男の手下たちに拉致《らち》され、痛めつけられてから二週間目の木曜日になったとき、少し迷ったあとでカジノの二楼にある安いレートのバカラの台を覗きに行った。もうそこにいるはずはないとわかってはいたが、やはりアイリーンの姿がないのを知って胸が騒いだ。彼女の身に何か起こっていなければいいが……。そう思いかけて、いや、起こってないはずがない、と思い返した。僕へ吐き出そうとした怒りが、劉さんによって途中で遮《さえぎ》られてしまったことで、さらに激しくねじれたものとなってアイリーンに向かっていないはずがない。

いま思い返せば、あのとき、拉致されて取り壊し直前の建物に連れ込まれたとき、僕は死にかぎりなく近づいていた。しかし、僕には不思議なほど恐怖感がなかった。

これまでの人生で僕が心の底からの恐怖心を覚えた対象はひとつしかない。

それは冬のノースショアーに押し寄せてくるアリューシャン列島からの巨大な波だ。一度だけ挑み、叩《たた》き伏せられてからは、挑むことさえできなかった。

なぜ立ち向かっていけなかったのか。なぜ立ちすくんでしまうばかりだったのか。僕にはわからなかった。

だが、サングラスの男に砂の棒で殴られつづけているとき、不意に自分は「臆病《おくびょう》」ではないと理解した。自分は命を惜しいとは思っていない。では、なぜ、アリューシャン列島からのビッグウェーブを恐れたのか。

そのとき、劉さんが口にしたもうひとつの言葉が甦《よみがえ》ってきた。

「おまえは不可知なものに身を委《ゆだ》ねることができない」

僕がビッグウェーブを前にして立ちすくんでしまったのは、間違いなく自分の命を惜しんでのことではなかった。もしかしたら、恐れた、のでもないのかもしれない。畏《おそ》れた。そうだ、僕はビッグウェーブを自分の理解を超えるもの、不可知なものとして、むしろ畏れたのだ。

それに比べれば、あのボス風のサングラスの男も、手下たちも、通訳をしていた薄毛の中年男も、僕にとっては何者でもなかった。手にした銃や凶器で僕の命は奪えるかもしれない。あるいは、簀《す》巻《ま》きにしたり、コンクリート詰めにして、海に放り込めるかもしれない。その瞬間は、痛かったり、苦しかったりはするだろう。だが、それは、あの巨大な波に対したときのような無力感とは質が違う。自分とは比べようがないほどの絶対的な存在を眼の前にしたときの、身動きもできずに立ちすくむばかりだった絶望感とはまったく違うのだ。あるいは劉さんの来るのが間に合わなくて命を失うことがあったとしても、「そのとき」を前にして恐怖に戦《おのの》くということはなかっただろう。僕は、恐らく、脅《おど》かし甲斐《がい》も痛めつけ甲斐もない存在だったはずだ。

しかし、アイリーンは違う。彼女だったら彼らの口にする言葉だけでも恐怖に震えるかもしれないし、実際に肉体的に残忍な目に遭わされれば悲鳴を上げるだろう。

〈そんなことになっていたとしたら……〉

考えれば考えるほど、暗い気持になっていく。しかし、いくら考えまいとしても、恐怖に震えているアイリーンの姿を想像せずにはいられなかった。

アイリーンが無事でいることを願って金曜日もカジノの二楼に行ってみたが、どの台にもアイリーンの姿はなかった。

土曜日、李蘭が久しぶりに僕の部屋にやって来た。

いつの間にか李蘭をホテルの通路で見ることがまったくなくなっていた。どうやら、リスボアでの仕事をすっかりやめているらしい。その理由はよくわからなかった。他の場所でやっているのか、それとも仕事そのものをやめてしまったのか。

僕の部屋の扉をノックし、入ってきた李蘭は、見慣れていたはずの僕が息を呑《の》むほど美しかった。肌に独特の艶《つや》があり、表情も生き生きとしている。

その瞬間、やはり李蘭がここしばらく仕事をしていないらしいことが確かめられたように思った。

ソファーに坐《すわ》った李蘭は、口元にほんの少し皮肉っぽい笑みを浮かべると、僕に向かって言った。

「懲《こ》りた？」

僕はなんと応じていいかわからなかったので、少し黙っていたが、やはり素直に答えることにした。

「懲りた」

すると、李蘭が、こんどははっきり声を出して笑ってから言った。

「劉さんも言ってたわ。これであいつも少しは慎重になるだろうって」

二人で僕のことを話題にして笑っている。それが不満のような嬉《うれ》しいような、奇妙な感じがする。

「ごめんなさい」

唐突に何を言い出したのかわからず、僕は李蘭の顔を見た。

「ずっとほったらかしにして」

この日まで見舞いに来なかったことを謝っているらしい。

「ああ、そんなこと……」

「わたしは毎日でも来たかったんだけど、命には別状なさそうだからひとりにしておいてやれって」

「劉さんが？」

李蘭がうなずいた。

「いろいろ考えるだろうからって」

「たいしたことは考えなかったけど」

僕が冗談めかして言うと、李蘭が真顔になって訊《たず》ねてきた。

「痛いところはない？」

「ないことはないけど、もう普通に歩ける」

「よかった。それなら行けるわね」

あとの言葉の意味がよくわからなかった。

僕が不思議そうな顔をしていたからなのだろう、李蘭が言葉を続けた。

「誘いにきたの」

「何の？」

僕が訊ねると、意外なことを口にした。

「島に行かない？」

「島？」

「タイパ島」

マカオは、旧市街のある半島部分の向こうに島嶼《とうしょ》部分があり、その最も大きい島をタイパ島という。そして、半島部分とその島とは僕の部屋からよく見えるタイパ大橋でつながっていた。

「タイパ島に行ったことはある？」

李蘭が訊ねた。

巨匠たちと撮影に来たとき、泊まったリゾートホテルがタイパ島にあった。しかし、撮影も食事もすべてホテル内で済ませていたため、タイパ島では他のどんなところにも行ってなかった。

「ない」

「わたしもない。劉さんもない。だから、みんなで行かないかなと思って」

僕が茶化すような調子で言うと、李蘭が頰にやさしい笑みを浮かべながら言った。

「ピクニック！」

「そう、ピクニック」

そして、こう付け加えた。

「タイパ島にはきれいな海岸があるらしいの」

僕は、セナド広場にある書店で買ったマカオの地図を取り出し、広げてみた。すると、その隅にいくつか載っていた観光地らしい写真の中に、海水浴客のいる海岸の写真が載っていた。そこには黒沙海灘とある。

「黒沙海灘？」

「そう、ハクサーホイタン」

「ハクサ？」

僕が地図を見せながら訊《き》き返すと、李蘭はそこに眼をやりながらまたうなずいて言った。

「そう、ハクサー」

「黒沙がハクサ？」

「そう、こっちでは黒はハクだから」

面白いと僕は思った。黒沙にして白沙。

「この黒沙海灘に行くの？」

「そのつもりだけど、行かれそう？」

まだホテルと外の食堂の間しか歩けていないが、たぶん大丈夫だろうと思えた。この十日余り、退屈していたということもある。三人でピクニックの真似事《まねごと》をするというのがなんとなく楽しそうに思えてきた。

「僕は大丈夫だけど、劉さんはどうなんだろう」

「たぶん、大丈夫」

「そう」

「わたしも劉さんも、自分の部屋とリスボアのあいだくらいしか知らないの。だから、行ってみたいなって話していたの」

「行くのは、いつ？」

「明日はどうかしら」

李蘭が言った。

「わたしたちがここに迎えに来るわ」

わたしたち、か。僕は複雑な思いが生まれかかるのを押し止《とど》めるように、つとめて明るく言った。

「待ってる」

2

昼前、部屋にノックがあった。ドアを開けると、李蘭と、そのあとから劉さんが入ってきた。

劉さんはひとことも言葉を発することなく、僕を一瞥《いちべつ》しただけですぐに部屋を出た。

李蘭と僕は慌《あわ》ててそのあとを追った。

「どうかしましたか」

僕が訊ねると、劉さんが言った。

「行くんだろ」

「ええ、そうですけど……」

「おまえはもう大丈夫そうだ」

さっきの一瞥は僕の体の状態を見極めるためだったらしい。その一瞥で、遠出に耐えられると判断したらしいのだ。

エレベーターで一階の東翼大堂に降り、外に出て、僕が横づけされているタクシーに乗ろうとすると、李蘭に止められた。

「バスで行きたいの」

「バスで？」

「わたしも劉さんもマカオのバスに乗ったことがないの」

それを聞いて、思い出すことがあった。以前、日本で写真の仕事をしていたとき、僕の撮ったヌードグラビアが掲載されている週刊誌に、時効寸前に逮捕されてしまった逃亡犯の手記という記事が載っていたことがあった。それによると、恐ろしかったのは街の食堂で何かを食べるときと公共の乗り物に乗ることだったという。誰かにしばらくのあいだじっと顔を見られる機会が増えるからだという。

たぶん、劉さんも、李蘭も、何かから、あるいは誰かから逃げていたため、バスに乗ったことがなかったのだろう。

エントランス前の車止めから坂を下りていくと、リスボアの建物と海岸との間に市内バスの停留所がいくつかまとまってある。そのうちのひとつに黒沙海灘行きのものがあり、そこで待っているとすぐにバスがやって来た。

李蘭が先に乗り込み、三人分の料金を払ってくれた。そして、大股《おおまた》で奥へ進み、二人掛けの窓側の席に着いた。あとに続いた劉さんはその横には並ばず、そのすぐうしろの二人掛けの席の、やはり窓側の席に着いた。

最後に乗った僕はどうしようかと迷ったが、いちばんうしろの、やはり窓側の席に坐った。

バスが走り出すと、すぐにマカオの半島とタイパ島をつなぐタイパ大橋を渡りはじめた。長いタイパ大橋からは左右に海が見える。李蘭も劉さんも、同じように窓の外に眼をやり、海を見つめた。僕の席からはその横顔が見えるが、どんな思いで眺めているのかまではわからなかった。

四十分ほど乗り、着いた終点で降りると、そこは長い砂浜のある海水浴場になっていた。確かに黒沙海灘という名前のとおり、黒というほどではないが、浜の砂は濃い灰色をしている。

だが、李蘭は海水浴場になっている砂浜に降りるのではなく、海岸通りをそれとは反対の方向に歩きはじめた。劉さんも李蘭と肩を並べるように歩いている。僕は、自分のことを棚に上げ、劉さんはひとりで歩けるのだろうかと心配していたが、それをあざ笑うかのようなしっかりした足取りだった。

海水浴場に面している海岸通りは、砂浜が尽きたところでそこを取り囲むように直角に折れ曲がっている。長方形の短い一辺のようなその通りには、湾のようになっている海の向かいに、白い壁の瀟洒《しょうしゃ》な家が建ち並んでいた。南欧の家に似て壁面のすべてが白く塗られている。全部で十五、六軒はあるだろうか。

その道を歩いていくと、白い家並みが尽きたところで、荒い波が打ち寄せる岸壁にぶつかる。

白い家々の背後は小高い丘になっており、行き止まりになった海岸通りは、その丘と岩場とのあいだを縫うように続く遊歩道に変わる。

岩場には僕の背丈の何倍もあるような巨岩がごろごろしているが、それがアクロバティックな傾きのまま転がらずに踏みとどまっている。誰かが指で一突きしたら海に転がり落ちてしまうのではないかと思えるほどだ。しかし、長い年月そこに止《とど》まっているということは微妙なバランスによって均衡が保たれているのだろう。

しばらく、そうした巨岩が眼を楽しませてくれる遊歩道を歩いていくと、海に突き出た崖《がけ》の上に東屋《あずまや》風のものが建っているのが見えてきた。漢字で「海聴軒」と記された看板が掲げられていて、海に向かって設置されているベンチのひとつに腰を下ろした。劉さんが続き、最後に僕も坐った。

ベンチに坐って海に正対すると、なるほど波が岩にぶつかり砕ける音が大きく響いてくる。それはまさに、海そのものを聴くことができるかのような舞台装置だった。

李蘭と劉さんはひとことも言葉を発することなく海に眼をやっている。その二人のあいだには何かを了解し合っているような自然な空気が流れている。僕は仲間はずれにされてしまったような気がしてきた。

そんなことも理由のひとつだったのだろうか。黙って三人で水平線の彼方《かなた》に眼をやっているうちに、僕は猛烈に海に入りたくなってきた。バリ島のレギャンにいるときは海に入らない日がなかったというのに、マカオに来てからは一度も入っていない。

それにはマカオの海があまりきれいではないこともあった。大陸から流れ込む大河の黄土色の水がマカオの海を茶褐色にしてしまう。その濁った色を見ると、とても入りたいという気にはならない。しかし、この黒沙海灘の水は、外洋に面しているせいか、かなりきれいだ。澄んだエメラルドブルーというわけにはいかないが、いくらか濁りのある翡《ひ》翠《すい》のような色をしている。

海聴軒の前の海は、砂浜の続く遠浅の海水浴場と違って、かなり大きな波が打ち寄せる岩場であり、いきなり水深が深くなっているように見える。危険な気もしたが、シャツとジーパンを脱ぎ、トランクス一枚になると、岩を伝って海に降りていった。

「何をするの？　危ないわよ」

李蘭の声を背後で受け流しながら海に入った。水はさほど冷たくはなかったが、予想以上に波は荒かった。沖に向かって泳ぎ出したが、なかなか岩から離れられない。そのうち、大きな波にさらわれて、あやうく岩に叩きつけられそうになった。なんとか二、三十メートルほど岸から離れると、ようやく自由に浮かんでいることができるようになった。

そこでつい悪戯《いたずら》がしたくなった。僕は不意に両手で海面をパシャパシャと叩くと、溺《おぼ》れたふりをした。海に潜り、なかなか浮かんでいかなかった。そして、しばらくして浮き上がると、さらに大きく両手をバタつかせた。

李蘭の悲鳴のようなものが聞こえてきた。また潜って、しばらくして浮かぶと、驚いたことに李蘭が助けにこようとしている。靴を脱ぎ、ワンピースのファスナーに指をかけている。

僕は慌てて手を振りながら言った。

「冗談、冗談」

それで本当の状況がわかった李蘭は、服を脱ぐ手を止め、しばらく僕の様子を見極めてから、大声で叫んだ。

「馬鹿《ばか》！」

真剣に怒っているその李蘭の顔を見て、劉さんが笑った。僕は劉さんがこんなに楽しそうに笑う顔を初めて見た。

海から上がると、李蘭に背中をピシャリと叩かれた。

「助けてくれるつもりだったの？」

李蘭が黙っているので、さらに訊ねた。

「泳げるの？」

僕にはそれが不思議だった。とても泳げそうには見えなかったからだ。

「家の近くの川でよく泳いでいたわ」

そうか、李蘭の故郷というのは子供たちが川で泳ぐようなところだったのか……。

そんなことを思いながら、シャツで体を拭《ふ》いてからジーパンをはくと、李蘭がぶっきらぼうに言った。

「行くわよ」

「どこに？」

「黙ってついてきて」

そう言うと、歩いてきた遊歩道を戻りはじめた。

ふたたび海岸通りに出てくると、李蘭は白い家々の壁についている番号を見ながら歩いていった。15、14、13、12……と同じ構造の家がずっと続く。そして、7番の家の前で立ち止まると、振り向きもせずに言った。

「ここよ」

鉄製のパイプと鋳物《いもの》でできた大きな門は、隙間《すきま》から手を伸ばして留め金を外すだけで簡単に開いた。そこから建物の玄関までは二十メートルほどの距離がある。李蘭はそこを歩きながら何かを探すような素振りを見せた。

玄関に接したコンクリートの三和土《たたき》の手前に小石が転がっている。李蘭がそれを拾い、裏返すことを繰り返すと、三つ目の石の裏に鍵《かぎ》が張り付くように収まっている窪《くぼ》みがあった。李蘭はその鍵で玄関の扉を開けた。

中に入ると、一階には庭の芝生に面して大きなリビングルームがある。改装中なのか、まったく家具がない。壁は真っ白なクロスに貼《は》り替えられ、中央には天井まで届きそうな脚立《きゃたつ》が置いてある。部屋の中は接着剤の匂《にお》いが充満していた。

「この家は？」

僕が訊ねると、李蘭が言った。

「知っている人に借りたの。不動産屋さんなんだけど、日曜なら改装中の職人たちも仕事を休むから、自由に使っていいって」

どういう知り合いなのだろうと思ったが、口には出さなかった。

「二階に上がろう」

李蘭はそう言うと、先に立って階段を上った。

そこは一階ほどの広さはないが、共用スペースのような空間があり、その前に海を見渡すことのできるベランダがある。それは一階のリビングルームの屋根に当たるところで、かなり広い。

そのベランダに出てみると、風の通り道でもあるらしく気持のよい風が吹き抜けている。しかも、おあつらえむきに、そこにはくたびれた黒い革の長椅子《ながいす》が放置されたままになっている。いずれ改装が終わったら廃棄されるのだろうが、もしかしたらそれまでは職人たちのための休息所になっているのかもしれない。

僕たち三人が並んで腰を下ろしてもまだ余裕があるほどゆったりしている。そこからは、入り江になっている砂浜の海水浴場がよく見えるだけでなく、対岸に七、八階建ての大きな建物が見えた。

あれは巨匠たちとマカオに撮影に来たとき泊まったリゾートホテルに違いない。もし、いまの僕のバカラ三昧《ざんまい》の日々を知ったら、巨匠はなんと言うだろう。おまえもようやく博打《ばくち》の面白さに気づいたかと喜ぶか、あるいは不機嫌になって馬鹿なことをしているんじゃないと叱《しか》り飛ばすか。どちらかと言えば、叱り飛ばされそうな気がする。巨匠は、ああ見えて、繊細で、バランス感覚のある人だ。身を滅ぼすような淫《いん》し方は絶対にしない……。

そのとき、僕は初めて、このままマカオに居つづけると身を滅ぼすかもしれないと気がついたように思えた。あの古倉庫では命を落とさなかったが、まったく別のかたちで身を滅ぼすことになるかもしれない。

僕は、頭に浮かんだその考えをどこかへ追いやるために、どうでもいいようなことを口にした。

「バカラというのは、古いイタリア語でゼロを意味する言葉なんだそうですね。本にそう書いてありました」

すると、意外にも劉さんが応じてくれた。

「そうらしいな」

「どうしてそんな縁起でもない名前をつけたんでしょうか。よりによって、それ以上悪い数はないというゼロだなんて」

「さあ」

そう言ってから、劉さんは微《かす》かに笑いを含んだ声で言った。

「綴《つづ》りが同じかどうかは知らないが、グラスにもそんな名前のものがあったな」

「ええ、たしかフランスのメーカーでした」

「どちらも、いつかこなごなに砕け散る」

砕け散るという言葉を口にするとき、劉さんは二つの言葉にほんの少しあいだをあけ、砕け、散る、というような言い方をした。

砕け、散る。

そのとき、僕の体の内部で、何かがひとつになりかかったような気がした。

砕け、散る……。

僕がその思いの中に入ろうとすると、李蘭が言った。

「バカラ、という名前のグラスがあるの？」

「うん、透明で美しい水晶のような……」

僕はそう言いかけて、もうひとつ思い出した。

「それと……薔薇《ばら》にもバカラという名前のものがある」

すると、劉さんがからかうような口調で言った。

「どうしてそんなことを知ってるんだ」

あるヌード撮影のとき、年配のスタイリストがビロードのような光沢を持つ黒みを帯びた真紅の薔薇を用意してくれた。あまりにもきれいだったので種類を訊ねると、「バカラ」という答えが返ってきた。それ以来、室内でヌード撮影するときの小道具としてバカラという名の薔薇を用意しておいてもらうようになった。実際に使うかどうかは状況しだいだったが。

「何度か女の子に持たせたことがありました」

劉さんは、僕の意味不明の答えにも特に反応せず、別のことを訊ねてきた。

「その薔薇は何色だ」

「血のような色です」

「そうか、血の色の薔薇もバカラというのか……」

劉さんの言葉の最後に不思議な響きがあるのを感じながら、一方で僕はこんな言葉を口の中で転がしていた。その血の色の薔薇も、咲けば、散る。そして、ドライフラワーにすれば、砕けて、散る。咲いて、散り、砕けて、散る……。

劉さんと僕が黙り込むと、李蘭は立ち上がり、しばらくして、どこからか空の段ボール箱を持ってきて長椅子の前に置いた。それはちょうどサイドテーブルのような役目を果たしてくれそうな大きさだった。

李蘭は、リスボアに僕を迎えに来たときから籐《とう》製のバスケットのようなものを持っていた。海岸通りを歩く途中で僕が持つことを買って出たが、自分で持つと言ってきかなかった。そのバスケットから取り出したのは、アルミホイルに包まれた食べ物のようなものと、ワインボトルほどの大きさの日本酒の瓶だった。そして、ぐい呑みくらいの大きさのグラスを取り出し、日本酒をついでくれた。

「日本酒か……」

劉さんが珍しく複雑な思いのこもった声を上げた。

「日本酒は久しぶりですか」

僕が訊ねると、劉さんはこともなげに言った。

「日本酒だけじゃない。マカオに来てから酒を飲んだことはない」

恐らく、中国人として振る舞いつづけるために、一瞬たりとも気を抜くことができなかったのだろう。

「それじゃあ、無理に……」

僕が言いかけると、劉さんがそれを遮るように言った。

「いや、今日はいい」

劉さんはグラスを手にすると、口に近づけ、ひとくち酒を含んだ。水平線に眼をやったまま、しばらく味わうようにして、ゆっくり飲み下した。

李蘭がアルミホイルの包みを開けると、そこには小さく結ばれた三角の握り飯が並んでいた。海苔《のり》の巻いてない真っ白な握り飯だった。

「中には何が入っているの？」

僕が訊ねると、李蘭が首を振った。

「何も」

「何も入ってないの？」

「そう、塩をまぶしてあるだけ」

そして、李蘭が話しはじめた。銀座でアルバイトをしていたミニクラブのママはいろいろよくしてくれた。そして、家に呼んでくれたとき、おむすびの作り方も教えてくれた。上手におむすびが作れるようになったら、日本の男なんて簡単に手に入れることができるのよと。鮭《さけ》とか梅干しとかを入れる必要はない。いい塩を軽くまぶした塩むすびが最高だと。

僕もその塩むすびをひとつ手に取り、食べてみた。中国の米とは違う独特の粘りがある日本の米でできていた。そして、ただ塩をまぶしてあるだけのその握り飯が、嚙《か》めば嚙むほど甘く感じられてくる。

それはまた、常温よりいくらか低めの温度の日本酒によく合っていた。

「おいしいなあ」

僕がつい口に出してしまうと、劉さんが李蘭に言った。

「そのママの言葉が、ここでも証明されたわけだ。もうこいつはおまえのものだ」

李蘭は何も言わずに笑っている。

僕は微かに通り抜ける風を頰に感じながら、不思議な幸福感を覚えていた。それはなんとなく、自分が味わったことのない、家族の団欒《だんらん》というものに似ているような気がした。

家族の団欒？　もしそうだとしたら、いったいこれはどういう家族なのだろう。思わず、僕はひとりで笑ってしまった。

「何がおかしい」

劉さんが言った。

「いや……」

口を濁してから、逆に劉さんに訊ねた。

「僕を助けてくれたのはリンさんという人ですか？」

「そうだ」

「その人はどういう人なんですか」

「さあ、どう説明するか……。李蘭、うまく説明できるか？」

「わたしにはできない」

そう言えば、僕の部屋で二人が初めて顔を合わせたとき、香港やマカオにいる福建《ふっけん》人でリンさんのことを知らない人はいない、と李蘭が言っていたような記憶がある。

僕がその台詞《せりふ》を口に出して確かめると、李蘭が訂正するように言い直した。

「福建人だけじゃなくて、中国本土を離れた中国人でリンさんのことを知らない人なんていないと思う」

そんな大物が、劉さんの電話一本で、僕の解放のために力を貸してくれた。劉さんとはどんな関係なのだろう。だが、訊ねるより前に、劉さんが話しはじめた。

それによると、リン・コウリュウ、林康龍は、第二次大戦中、香港《ホンコン》を占領していた日本軍の眼をかいくぐるようにして、マカオと大陸とを結ぶ密貿易のようなことをしていたらしい。戦争が終わると、そのとき一緒に働いていた仲間のひとりとマカオの光と闇《やみ》の世界の両方につながる会社を起こした。香港出身で見栄《みば》えのいい相棒が会社の表の代表となり、福建出身の林康龍は裏のつながりを一手に引き受けることになった。やがて彼らがマカオのカジノの利権を握るようになると、その分担がさらにはっきりするようになった。

彼らが財を成す過程というのは、福建人の国外流出が激しくなる時期とも重なっていた。留学、親族の呼び寄せ、密航。手段を選ばず出ていった。それはまた、既存のチャイナタウンの華僑《かきょう》とのトラブルが頻発するようになるということでもあった。福建人は福建人でまとまり、他の省からの中国人と争うようになった。しかし、争いをしのいでいくためにはどうしても金が必要になる。マカオで潤沢な資金を動かしている林康龍のところに、世界各地の福建人から援助の依頼が殺到した。林康龍は、助ける必要があると判断すると金を送った。その噂《うわさ》は他の省の出身者にも知れ渡り、同じような依頼が舞い込みはじめた。林康龍の偉いところには、理あるところには、出身地の彼我によって区別せず支援したことだった。やがて、林康龍は世界各地の中国人たちにとって重要な仲裁役になってきた。林康龍が支援してくれるということが彼らに理があることの証明になったからだ。表の世界にも大きな影響力を持つに至ったが、とりわけ華僑の裏の世界では、林康龍のひとことがその国の法律より重くなっていったのだという。

劉さんの話を聞いて、なるほど、それでアイリーンを愛人にしていたサングラスの男が林康龍の名前を耳にし、声を聞いただけで震え上がったのか、と理解できた。

それにしても、劉さんとその林康龍とはどういうつながりがあるのだろう。話を聞きながら、ぼんやり考えていると、劉さんがいくらか口調を変えて言った。

「林康龍には息子がひとりいた。あとの三人はみな娘だった。娘はアメリカとヨーロッパに留学し、それなりの男と結婚した。ところが、あいにく、一人息子はろくでなしだった。美人だった母親の血を引いて美男だったが、頭が悪かった。それで、何をやっても、父親に尻拭《しりぬぐ》いをさせることになった」

しかし、劉さんは、そこからまったく違うことを話しはじめた。

「あるとき、東京の千葉寄りの一角を縄張りにしている組がアンダーグラウンドのカジノを作ることになった。当時、そうした地下カジノのディーラーは韓国から調達するのが普通だった。しかし、その組は、韓国にルートを持っていなかったため、マカオから調達しようとした。なんといっても、マカオの方が、カジノとしてのスケールが大きい。客に対して、ディーラーが本場のマカオから来ているということをひとつの売り物にしようとしたんだ。その組は香港のマフィアを通じて林康龍に接触した」

なるほど、そこで林康龍が出てくるのか、と僕は思った。

「林康龍が送り込んでくれたディーラーは優秀だった。地下カジノは順調に収益を上げ、上部の組織への上納金に困ることもなくなった。ディーラーは三カ月で交替してマカオに帰り、別のディーラーが送り込まれてきた。途中で、その引率役を林康龍の一人息子がするようになった。暇を持て余して東京で遊んでみたかったのだろう。初めのうち、接待は組長がしていた。なにしろ林康龍の息子だ。そいつを手なずけておけば先々いろいろな恩恵をこうむることができると思ったのだ。最高級のトルコ……ああ、いまはソープだったか、に連れて行って女と遊ばせ、自分の女のいるクラブで好きなように飲ませた。ところが、何度かその往復を繰り返しているうちに、林康龍の息子が組長の女に惚《ほ》れてしまった。悪いことに、その女も、美男で金離れのいい息子に惚れてしまったんだ。組長は、見栄えが悪いうえに、とてつもないケチだった。二人の仲を知った組長は当然のごとく激怒した。あの男を東京湾に沈めてしまえと言い出した。もちろん、組の幹部は反対した。そんなことをしたら大変だということは誰にでもわかることだ。しかし、組長は強硬だった。嫉妬《しっと》と怒りで見境がつかなくなっていたんだ。組の事務所に拉致《らち》してきて、本当に海に叩《たた》き込むというところまでいってしまった」

そこまで話すと、劉さんは海の方に眼をやったまま僕に言った。

「まったく、どこかで聞いたような話だろ？」

アイリーンとのことを当てこすられ、僕はただ苦笑するよりほかなかった。

「だが、危ういところで、上部組織の総長を動かすことができた。そんなことで地下カジノの存続を危くすると、上納金の半分が吹き飛んでしまいますという俺の……ダミー会社の経営者の台詞が決め手だった。組長より格上の若頭が駆けつけて来て息子を解放させた。ダミー会社の経営者は……いや、もう面倒だ、俺でいい、俺はそれを受けて、息子を無傷のままマカオに送り返した。するとしばらくして、林康龍から国際電話がかかってきた。息子の不始末を詫《わ》び、助けてくれたことを感謝するという内容だった。そのときまで知らなかったが、林康龍は日本語が達者だった。そして、林康龍は最後にこう言った。あなたが困ったことがあったら連絡してくれ。どんなことでも引き受けるから……」

劉さんはそこで言葉を切った。僕はその続きを待ったが、劉さんはそのまま黙り込んでしまった。

知りたいことはまだまだあった。それからどうして劉さんがタイに行き、最終的にマカオに来ることになったのか。日本に家族はいなかったのか。

しかし、僕はあえて訊こうとは思わなかった。話すつもりがあったら話してくれているだろう。劉さんなら、話したくないことはどのように訊ねても話してくれないはずだ。

僕は白い三角の塩むすびを食べ、酒の入ったぐい呑みを口に運んだ。

海からの風が体を通り過ぎていく。気持がよかった。陶然とするほど気持がよかった。

ふと、どこかで、この時間がいつまでも続けばいいのにと思っている自分がいるのに驚いていた。すると、次の瞬間、なんとなくもの悲しい気分が湧《わ》き起こってきた。それは、この時間がいつまでも続かないということがわかっていたからに違いなかった。

3

ゆっくりと陽が西に傾きはじめた。

いつまでもこうしていたいようにも思えるが、劉さんの体のことを考えるとそろそろ帰った方がいいような気がする。

「帰ろうか」

僕が言うと、李蘭が空いた酒瓶をバスケットにしまいながら言った。

「帰りにコロアネ村に寄りたいんだけど」

「コロアネ村？」

「そう、コロアネ村」

どうして、という問いかけを含んだ眼で見ると、李蘭が言った。

「コロアネ村にあるフランシスコ・ザビエル教会に行きたいの」

その答えが意外だったので、今度は声に出して訊ねた。

「どうして？」

李蘭は言いにくいのか、ひとつ間を置いてから答えた。

「マカオにある教会の、全部でお祈りをしたいの」

「なんのために？」

僕がさらに訊ねると、劉さんが強い口調で制した。

「そんなことを訊くんじゃない」

李蘭はふだんペンニャ教会で祈っている。しかし、それだけでなく、マカオにあるすべての教会でも祈りたいという。マカオにいくつ教会があるのか知らないが、それはまるで四国の八十八寺をめぐる巡礼のようだ。李蘭がマカオの教会を巡礼したいというのは、何かの願をかけているからだろうか。それとも、自分が犯した何かの罪を贖《あがな》おうとしているからなのだろうか。そして、その思いを理解しているらしい劉さんにも何か浄《きよ》めたい罪があるのだろうか……。

黒沙海灘からコロアネ村までは海水浴場の前に屯《たむろ》しているタクシーに乗って行くことにした。

海岸前の乗り場には三台ほどタクシーが停まっていて、運転手たちが車を降りて煙草《たばこ》を吸いながら息抜きをしていた。僕たちが乗りそうだとわかると、その中のいちばん若い男が慌てて先頭の車の運転席に乗り込んだ。

劉さんと李蘭を後部座席に坐《すわ》らせると、僕は助手席に坐った。

タクシーはすぐに発車し、坂をひとつ越えて、十五分くらいでコロアネ村に着いた。

海に面して建っているフランシスコ・ザビエル教会は、外壁があまり趣味のよくないクリーム色のペンキで塗りたくられた小さな教会だった。

中も狭く、無人だった。

しかも、フランシスコ・ザビエルという、いかにも由緒《ゆいしょ》ありそうな名前がついている教会であるにもかかわらず、内壁に描かれている宗教画は日本の銭湯によくある富士山の絵のように平板で深みのないものばかりだった。

だが、中央に飾られたマリア像の前に立つと、李蘭は僕が最初にペンニャ教会で見かけたときのように、靴を脱いで裸足《はだし》になった。そして、バッグから白いレースのベールを取り出すと頭にかぶり、ひざまずいて祈りはじめた。

「外に出るか」

劉さんが言った。李蘭ひとりで祈らせてやろうという心づかいのようだった。

僕たちは教会を出ると、敷地内の茶店といった雰囲気のある食堂の前に設置されているベンチに坐って待つことにした。

通りの向こうの海の上では、水面すれすれに小さな赤トンボが群れ飛んでいる。

ああ、秋なのだな、と僕は思った。もしかしたら、マカオにいて、季節を感じたのは、これが初めてのことだったかもしれない。

劉さんは煙草に火をつけ、しばらく黙って吸っていたが、ふと思い出したように訊ねてきた。

「あの疵《きず》はどうしたんだ」

「あの疵？」

「おまえの太腿《ふともも》にある疵だ」

黒沙海灘でトランクス一枚になって海に入ったとき、眼に留まったらしい。

僕はそのときと同じような悪戯心が湧いてきて、ことさら何でもないことのように言った。

「ガンでやられました」

劉さんは一瞬僕の方に鋭い視線を向けてきたが、すぐに表情を緩めて言った。

「銃じゃないよな」

僕は一呼吸置いてから、笑いを浮かべて言った。

「ええ、銃のガンではありません」

「何のガンだ」

「サーフボードのガンです」

すると、劉さんが少し意外そうに言った。

「そんなものがあるのか」

僕はうなずき、いくらか説明口調で言った。

「写真やテレビで見ていると、どれも同じように見えるかもしれませんけど、サーフボードにはいくつかの種類があるんです。基本的な構造は変わりませんが、まずなにより長さが違う。僕の背より低いものもあれば、一・五倍くらいのものもある。昔は、とにかく単純に波の上を滑るということが重要だったので、浮力を得るため長いものに乗っていました。ところが、ある時期から劇的に短いサイズのボードが流行することになりました。それに乗ると、まるで波の上でダンスを踊るように自由に動けるようになったからです。そうするうちに、丈の長いボードのロングボードと、丈の短いボードのショートボードには、役割の違いができてきました。波を安定的かつ速いスピードで乗るためにはロングボードを使い、波を華麗に乗るためにはショートボードを使うようになったんです」

そこで、僕は一息入れ、劉さんに訊ねた。

「劉さんはハワイに行ったことがありますか」

「ない。日本を出たことは一度もない」

劉さんはそう言ったあとで、しかし自嘲《じちょう》するかのように付け加えた。

「ここへ来るようになるまではな」

日本からタイへ、タイからマカオへの旅が劉さんにとって初めての外国旅行だったのだ。僕はもっとその話を聞きたいと思ったが、とりあえずガンの説明をしておくことにした。

「ハワイのオアフ島にノースショアーというところがあります。名前のとおり北側の海岸です。そこがサーファーの聖地ということになっています」

「どうしてだ」

劉さんがいつもの口調に戻って言った。

「世界で最も大きな波が打ち寄せてくるからです」

「なぜ、そこなんだ」

「冬、日本付近で発達した低気圧が北のアリューシャン列島まで辿《たど》り着くと、大陸側にある高気圧との気圧の差からものすごい風が吹くようになります。その風は太平洋にうねりを発生させます。うねりは遮《さえぎ》るものの何もない太平洋を突き進んでいくうちにしだいにまとまっていき、巨大なものに成長していきながら何日か後にハワイ諸島に到達します。そして、ハワイの北側の海岸が、その巨大なうねりをもろに受け止める、最初で最後の障害物になるんです」

劉さんは黙って僕の話に耳を傾けながらまた煙草を吸った。

「一年に何回か、低気圧の墓場と呼ばれるアリューシャン列島からオアフ島のノースショアーに巨大なうねりが送り込まれます。すると、ノースショアーのいくつかのポイントで想像を絶する高さの波が立つことになるんです」

「低気圧の墓場……」

劉さんがほとんど無意識のようにつぶやいた。

「そうした大きい波をビッグウェーブと呼び、その波を乗りこなすことに無上の喜びを感じているサーファーをビッグウェーバーと呼んだりします。とりわけ、ノースショアーにあるワイメアという小さな湾では、時に四十フィートから五十フィートもの波が立つ。世界のビッグウェーバーの夢はワイメアのそうしたビッグウェーブに乗ることなんです」

「十二メートルから十五メートルか……」

劉さんはフィートをメートルに換算すると、その高さを確かめるかのように天主堂の屋根の十字架を見上げた。

「ノースショアーのビッグウェーブに乗るためには、巨大なボードが必要になります。安定性に優れ、スピード性能もいいものを求めて、ロングボードより、さらに長い、僕の背丈の二倍近いものに乗るんです。それを特にガンと呼ぶようになりました」

「なぜだ」

「昔、アフリカでハンティングをする白人は、大きな象を狩るとき特殊なライフルを使ったらしいんです。それと同じように、ノースショアーのビッグウェーブに乗るときには特別なボードを使う。そのボードを象狩りのライフルになぞらえてガンと呼ぶようになったということです。ガンは、スピードが出るようにノーズ、つまりボードの先端を細くしたものが多いんですけど、それが銃弾の先端に似ているからだという説もあります」

僕はそこまで話すと、以前、劉さんが中国人の世界観について話してくれたときの台詞をそっくり真似《まね》して付け加えた。

「これもハワイアンの受け売りにすぎませんけど」

劉さんはそのときのことを思い出したのか苦笑したあとで訊ねてきた。

「そのノーズとやらがおまえの太腿に刺さったのか」

「いや、その部分じゃないんです」

「そうだな。刺さったような疵じゃない。まるでナタのようなもので断ち割られたようだった」

「サーフボードは単なる平らな板のようなもののように思えるかもしれませんけど、裏返しにするとうしろの部分にフィンというものがついています」

「フィン？　ひれか？」

「ええ。サーフボードのフィンは、ボードに対して垂直につけることで、左右に曲がるときの舵《かじ》のような役割を果たすようになっています。ヨットが風を受けるセールによって進む方向を変えるように、サーフボードは水に触れているフィンの角度を変えることで進行方向を変えることができるんです。サーファーが力を入れてボードに傾きを与えると、水中のフィンに角度ができて曲がるようになります」

「なるほど、そういうことか……」

劉さんが永年の疑問が解けたとでもいうような口調でつぶやいた。

「サーフボードのフィンは魚のひれというより、猛禽《もうきん》類の翼の先端を切り落としたようなかたちをしています。厚さもボードのスピードを殺さないように薄く薄くなりました。その結果、サーフィンで起きる事故のかなりの部分が、鋭いフィンによってもたらされるようになりました。乗っているボードから海に落ちることをワイプアウトというんですけど、ワイプアウトしたサーファーが自分のボードのフィンによって剝《む》き出しになった皮膚を裂かれるようになってしまったんです。自分のボードだけじゃなく、他人の乗ったボードにぶつけられて怪我《けが》をすることも少なくありません」

フィンは、海の中にいるサーファーにとって、最悪の凶器となりうるものなのだ。

「僕は、冬のノースショアーでビッグウェーブに乗りそこねてサーフボードごと宙に飛ばされました。そのとき、裏返しになった自分のボードのフィンに太腿を切り裂かれてしまったんです」

「すごい疵だ」

「死んでもおかしくなかったようです」

「それでサーフィンをやめたのか」

「いえ……」

僕はいったんそう否定してから、思い直し、ためらいながら付け加えた。

「でも……」

そして、さらにしばらくして言い直した。

「あるいは……」

僕は、自分の思いが揺れ動いていくのに従って答えを言い換えていくうちに、劉さんにもっと正確に話してみたくなった。なぜサーフィンへの興味を失ってしまったのか。それには、まず自分とサーフィンとの関わりを話さなくてはならないのかもしれなかった。

僕はポツポツと話しはじめた。

十三歳のときサーフ・バムの男性に初めてサーフィンを教えてもらったこと、それからはサーフィンが生活のすべてになっていったこと、ひとつ年下の少年に自分が受けたのと同じ方法でサーフィンを教えたこと、彼への対抗心から誰にも乗れないようなビッグウェーブに乗りたいと思うようになったこと……。

4

僕は高校を卒業すると、大学には進まず、県庁所在地で日当の高いアルバイトを掛け持ちして金を貯《た》めた。そして、一年半後、何のつても持たないままハワイに向かったのだ。

九月、オアフ島のホノルル空港に着くと、ホノルルの市内もワイキキのビーチにも寄らないまま、黄色い車体に「ザ・バス」と大きく書かれている島内バスに乗っていきなりノースショアーに向かった。

一時間半ほど乗っていると、パイナップル工場を過ぎたあたりで正面に海が見えてきた。それがノースショアーだった。

僕は、ノースショアーにおけるほとんど唯一《ゆいいつ》の町らしい町であるハレイワで下車し、サーフィン雑誌に出ていたゲストハウスを探した。しかし、住所だけではとうていわからず、バス停の近くの雑貨屋で店番をしていた日系の初老の男性に教えてもらい、ようやく見つけることができた。

一人部屋は高すぎたので、ドミトリーに泊まることにした。僕がベッドを与えられたのは四人部屋だったが、九月はノースショアーに来るようなサーファーにとってはシーズンオフだとかで、他に誰も宿泊客はいなかった。

着いたその日、僕は部屋に荷物を置き、ハンバーガー・ショップで昼食をとると、日本から持ってきたオアフ島の地図を片手にノースショアーを歩くことにした。

オアフ島の北側の海岸であるノースショアーには、ハレイワを中心にいくつものビーチがあり、サーフポイントがある。

地図によれば、ハレイワの町から有名なサンセットビーチまで十キロくらいらしい。バスが通っているが、まずは歩いてそのあいだに点在するサーフポイントを見てまわることにした。

僕は強い日差しの中、ラニアケア、ワイメア、パイプライン、エフカイ、ププケアと歩いた。

しかし、どのビーチも海は穏やかで、サーフポイントにはほとんど波らしい波が立っていない。浜で海水浴客や日光浴をしている人たちはポツリポツリといたが、サーフィンをしているような人はほとんどいない。

ところが、サンセットビーチに着くと、まったくうねりがないにもかかわらず、沖でサーフボードにまたがって水平線を見ているサーファーがひとりだけいた。キャップをうしろ前にかぶり、Tシャツを着ている。何をしているのか不思議だったが、そろそろ夕方になりかけていたので、バスに乗ってハレイワまで戻った。

次の日、朝起きて、すぐ海を見に行った。しかし、前日と同じようにまったく波が立っていない。ハレイワは波がなくても、他のポイントには波が来ているかもしれない。朝食後にボードを持って出ていこうとすると、ゲストハウスの経営者の奥さんが言った。

「今日はどこにも波はないわよ」

たぶん、そう言ったのだと思う。英語の勉強があまり好きではなかった僕にはまったくヒアリングの能力がなかったが、首を振りながらの言葉だったのでおよその察しがついたのだ。

僕は午前中をハレイワ周辺のサーフポイントを観察することで費やしたが、午後になると前日と同じようにノースショアーのサーフポイントの様子を見るため幹線道路のカメハメハ・ハイウェイに沿って歩きはじめた。

波はなく、風もなく、ただ歩いていると汗が滴《したた》り落ちてくる。そして、どのサーフポイントに行っても、誰ひとり海に入っているサーファーはいない。

ところが、サンセットビーチまで来ると、前日見たサーファーがボードの上にまたがって微かなうねりにたゆたっている。何をしているのだろう、とまた僕は不思議に思った。

三日目もまったく海は静かなままで、ハレイワの湾内では、水遊びをする子供たちの遊び声だけが響いていた。

僕はこの日の午後もまたノースショアーの海岸線を歩きつづけた。

どのポイントも波はブレイクしていなかったが、微かなうねりを見ていると、波が立ったときにどのあたりでブレイクするのかがわかってくる。

最後にサンセットビーチに行くと、また沖でサーファーがひとりでボードにまたがっている。

〈今日もいる……〉

僕はビーチに腰を下ろし、そのサーファーを眺めつづけた。

一時間ほどして海から上がってきたサーファーは、僕と同じ東洋人の顔つきをしていた。日本人のようだが、生粋の日本人とはなんとなく違うような気もした。

サーファーがボードを抱えて僕の近くを通り過ぎたとき、思わず日本語で声を掛けてしまった。

「あのー」

サーファーは立ち止まって、不思議そうにこちらを向いた。

僕はいけないと思った。英語を喋《しゃべ》らなければ通じない。しかし、とっさにうまく言葉が出てこなかった。口ごもりつつ、何か言わなくてはならないと焦《あせ》り、言った。

「あなたは何をしているんですか」

そう訊《たず》ねたかったが、実際に口から出てきたのは、

「あなたは何ですか」

すると、サーファーは英語で何か答えてくれた。しかし、僕には速すぎてまったく聞き取れない。

困惑していると、サーファーが僕の顔をじっと見てから、ゆっくりと言った。

「ユー・アー・ジャパニーズ？」

それは何とか聞き取れた。僕がうなずくと、サーファーはまたゆっくりこう言ってから、微かな笑みを浮かべて歩き出した。

「カム・ウィズ・ミー」

一緒においで、と。これも奇跡的に理解できた。

サーファーは、いったんカメハメハ・ハイウェイに出てしばらく歩いたあとで、両側が植木の垣根になっている小径《こみち》に入り、その一軒の家に入っていった。広い庭には木造りの倉庫があり、そこにボードを立て掛けると、サーファーが大きな声で誰かに呼びかけた。

「バーチャ！」

家の裏手から現れたのは、大きな麦藁《むぎわら》帽子をかぶった東洋人の老女だった。手にハサミを持っているところからすると、庭仕事をしていたのかもしれない。

サーファーは老女に僕をチラチラと見ながら何か英語で話している。老女は黙って耳を傾け、うなずくと、僕に向かって言った。

「日本人かの？」

「はい」

「ジミーが通訳してくれ言うとります」

そのサーファーはジミーという名前だったのだ。

のちにわかったところによれば、老女は日系二世の女性で、ジミーの祖母だった。

バーチャは名前ではなく、オバーチャンがいつの間にか短くなったものだったらしい。

「浜であなたさんが何と言うとったか知りたがっております」

僕は、彼が沖で何をしているかが知りたかったのだと告げた。すると、老女は彼に僕の質問を伝え、その答えを聞いて、言った。

「海の声を聞いていた、と言うとります」

海の声を聞く。僕はその答えを聞いても驚かなかった。言われてみれば、確かに彼は耳を澄ませて何かを聞いていたと思えなくもない。

でも、どうして、と訊《き》いてもらった。

「海の声を忘れてしまったから、と言うとります」

僕がその言葉の意味を考えていると、老女がにこにこしながら言った。

「ウリはお好きかの」

実はあまりウリを食べたことはなかったが、ええ、とうなずいた。

「まずは家にお入りなさい」

老女は自ら先頭に立って家に入ると、僕たち二人を居間に残し、キッチンに行った。そして、しばらくすると、大きな皿にウリを切ったものを大量にのせて持ってきてくれた。

食べると、それはウリではなくメロンだった。水々しく、甘すぎない。渇いた喉《のど》にはまさに「甘露」のような果物だった。

のちにそれはハニーデューという果物だということを知ったが、日系二世の老女はいつもそれをウリと言った。

その翌日の午後、バスに乗り、ボードを持ってサンセットビーチまで行った。

沖にはもうジミーがボードにまたがって浮かんでいた。僕もパドリングをしてジミーの近くに行った。ジミーは僕が近づくと、嬉《うれ》しそうに笑って言った。

「ハーイ」

僕もそれを真似して言った。

「ハーイ」

会話はそれだけだったが、充分だった。

何もせず、何も話さず、二人でただ海の上にいた。

僕にはジミーの言う海の声というものが聞こえなかった。ときおり、微かに海から陸に向かって吹くオンショアーの風が、耳元で弦楽器が奏《かな》でるようなやさしい音を聞かせてくれるだけだった。しかし、それでも、海の上でたゆたっている時間はなにものにも替えがたい豊かさを感じさせてくれるものだった。ハワイの太陽に焼かれ、ノースショアーの潮に洗われ、僕は瞬《また》く間に本物のウォーターマン、海の人になっていけそうな気がしてきた。

海から上がると、ジミーの家に寄り、老女にまたウリ、ハニーデューを御馳走《ごちそう》になった。

さらにその翌日も、同じことを繰り返した。

海から上がって、ハニーデューを御馳走になり、サーフボードを持って帰ろうとすると、ジミーが言った。もし明日もここに来るつもりなら、ボードをうちの倉庫に置いていかないか。

その三日のうちに、僕にも、ジェスチャーまじりにゆっくり発音してくれるジミーの言葉があるていどわかるようになっていた。


やがて、ジミーの父親や母親とも親しくなった。

ジミーの父親はディック・ヤマグチという日系三世で、ホノルルのダウンタウンで宝飾店を経営するかたわら、日本のメディア相手のコーディネーターをしていた。

ジミーの母親はエミコさんと言い、やはりヤマグチ氏と同じ日系三世で、バーチャと呼ばれている老女キクさんの長女だった。

とりわけエミコさんが僕とジミーとの付き合いを喜んでくれたのには理由があった。ジミーは学校の成績がとてもよく、地元のハイスクールを卒業すると、難なくアメリカ本土のアイビーリーグの大学のひとつに進むことができた。しかし、十八年間過ごしたハワイを離れ、初めて東海岸で暮らすようになって、少しずつ精神のバランスを崩してしまった。とりわけ寒くて暗い冬がジミーの精神を決定的に痛めつけた。部屋に閉じこもり、大学に行かなくなった。そして、学年の終わりに、自分で勝手に退学届けを出してしまったのだという。

東海岸からハワイに帰ってくるまで、三カ月ほどどこかを放浪していたらしく、家族は連絡がつかないジミーのことをずいぶん心配したらしい。

そして、八月末に帰ってくると、家族ともあまり喋らず、以前の友達の誰とも付き合うことなく、ただ毎日サーフボードにのって沖に出るようになった。快活だったジミーがとても陰鬱《いんうつ》な顔をしている。

ところが、そのジミーが、僕を家に連れてきて、通じない話をなんとか通じさせようとしている。そればかりか、エミコさんによれば、僕と一緒に沖にいるようになって、みちがえるように明るくなったのだという。

のちに、ジミー本人から聞いたところによると、初めて会ったあの日、キクさんに通訳をしてもらって、僕に訊ねられたことがとても大きな意味を持ったらしい。沖で何をしているのかと僕は訊ねた。そう質問され、ジミーは思わず海の声を聞いているのだと答えた。答えてみて、初めて、自分が海の声を聞こうとしていたのだということがわかった。そして、生まれてからずっと傍《そば》にいた海を離れてしまったことが、自分にとってどれほど愚かなことだったかに気がついたのだという。さらに、海の上にいるだけで幸せそうな僕と一緒に沖でたゆたっていると、僕を通して海の声が聞こえてくるように思えてきたのだともいう。どんな、と僕が訊ねると、ジミーは言葉ではうまく表せないが、そのまま、そのまま、と言ってくれているような気がしたのだという。

やがて九月の下旬になり、そろそろ西からのいいうねりが入ってくるようになると、ローカルと呼ばれる地元のサーファーの天下になる。外から来たようなサーファーにはなかなかいい波が渡されない。

だが、まさにローカルのひとりであるジミーと波のない日も毎日のように沖に出ていたことが、僕を準ローカルと認めてくれる要因になったらしかった。

それだけではない。ジミーが精神的なバランスを崩してアイビーリーグの大学を中退してきたということは、ローカルたちにもわかっていたらしい。しかも、ハワイに帰ってきても、ほとんど付き合いらしいことができない。ところが、僕と一緒に毎日のように沖に出ているうちに、以前の快活さが戻ってきた。それに対する感謝、あるいは敬意のようなものを僕に向けてくれたらしいのだ。

ラインナップに陣取ったローカルたちが次々にいい波に乗っていく。外部から来たビジターのサーファーはそれをただ見ているより仕方がない。ところが、僕に関してだけは、ジミーがいい波を譲るのを寛容な眼差《まなざ》しで黙認してくれるのだ。

秋が深まるにつれ、波はしだいに大きくなりはじめた。

たぶん、そこで、僕のサーファーとしての実力は日に日に増していったと思う。ジミーは生まれたときから波に乗っている海の子だった。サンセットの波ならどんなものにでも対応できるテクニックを自然と身につけていた。彼の、荒々しさのまったくない柔らかいライディングと、そのライディングによって波の壁に描かれる線、マニューバーの美しさは、惚《ほ》れ惚《ぼ》れするほどだった。

僕は生きた手本を近くに持って、すべてを模倣しようとした。模倣しても模倣しきれないところに個性というものが存在するのだろうが、僕はジミーのサーフィンをなぞることで急速に上達していったような気がする。時には海底のウニを踏んで足の裏を化膿《かのう》させたり、大きな波に巻かれて岩礁《がんしょう》で肩を強打したりしたが、日本では乗ったことのない種類の波を相手にしているうちに、徐々に高度なテクニックも身についていった。僕はしだいに自分にはどんなことでも可能なのではないかという全能感のようなものを手に入れはじめた。

しばらくすると、ヤマグチ氏は僕に運転免許を取らせてくれ、ジミーと一緒にアルバイトに雇ってくれるようになった。ハワイにやって来る日本のメディアの人たちの送迎から始まって、しだいに現場での対応まで任されるようになった。もし、ヤマグチ氏がいなかったら、ビザを延長できなかっただけでなく、金も早々に尽きてハワイから退散しなくてはならなかっただろう。

それだけではなかった。アルバイト中に何かあってはいけないからと傷害保険を掛けておいてくれた。それがなければ、ワイメアのビッグウェーブに乗りそこねてボードのフィンで大腿部《だいたいぶ》を引き裂かれたとき、どれほどの金を取られたかわからない。一文なしになった僕は、その時点で日本に帰らなくてはならなかったろう。

冬のノースショアーに打ち寄せてくるビッグウェーブの凄《すさ》まじさについてはジミーからよく聞かされていた。

中でも、ノースショアーに生まれ、幼い頃からさまざまなポイントのさまざまな波を見てきたはずのジミーが、ワイメア湾の波について話すときはほとんど畏敬《いけい》の念をこめて話していたものだった。

その波の高さ、厚さ、海岸で見ている者にまで襲いかかってくるかのような迫力。そして、砕けるときの音。それは地を震わすような轟《とどろ》きだという。

普通の波の何十本分もの厚みを持った巨大なうねりが、ビルの何階よりも高く盛り上がり、凄まじい勢いで走りはじめる。すると、その波は、そこに取りついた者を簡単に弾《はじ》き飛ばし、振り落とし、呑《の》み込みながら砕けていく……。

いくら話を聞いていても鮮明な像が結ばなかったが、ノースショアーで迎えた初めての冬のシーズン、それも冬が終わりそうだった三月はじめ、アリューシャン列島からもたらされた凄まじい波を前にしたとき、いままで見たことのある波とまったく次元の違うものだということを思い知らされた。

ワイメアでは、毎年、「エディ・アイカウ・メモリアル・コンテスト」が開かれる。

ワイメアでライフセーバーをしていたエディ・アイカウというハワイアンは、二、三十フィートの大波を軽々と乗りこなすビッグウェーバーだっただけでなく、遭難した船の乗員を助けようと荒海の中を泳いで命を落としたヒーローでもあった。そのエディ・アイカウを記念して企画されたコンテストは、ワイメアで二十フィート以上の波が立たないと開催されない。そのため、招待されたサーファーたちは、そうした波が訪れるまで、十二月から二月までの三カ月間、待たなくてはならないことになっていた。

だが、その冬は、期間内に大きな波が押し寄せて来ることはなく、ついに中止されることが決定された。

ところが、皮肉なことに、その十日後に、巨大な波が訪れた。

前日からの予報で、その冬、初めての強烈な西風が吹き、特大のうねりが押し寄せることがわかっていた。

僕はその波に乗りたいと思った。その波に乗るためにこそノースショアーにやって来たのだと思った。

その頃、すでに結婚してアメリカ本土の西海岸に行っていたジミーの姉の部屋に住まわせてもらうようになっていた僕は、早朝、暗いうちから起きて準備をしていた。そして、ハワイで買ったガンをヤマグチ氏に借りたピックアップトラックに乗せ、ワイメアに向かった。一緒に来てくれたジミーは、僕がワイメアの波に乗ろうとすることには反対だった。早すぎる、というのだ。彼は正しかった。しかし、そのときの僕には、自分には何でも可能なはずだという過信があった。ワイメアに着くと、すでにローカルのビッグウェーバーや、「エディ・アイカウ・メモリアル・コンテスト」に招待され、中止が決まってもそのままハワイに滞在しつづけていたプロの有名サーファーが海岸に姿を現していた。そればかりではない。その大波を乗りこなすサーファーを捉《とら》えるべく、サーフィン専門のスチール・カメラマンや、ムービー・カメラマンが集まっていた。このビッグウェーブは、サーファーにとってだけでなく、カメラマンにとっても名を揚げる絶好のチャンスなのだ。

夜が明けると同時に何人かがパドリングしながら沖に向かっていった。

そして、ひとりが、間違いなく建物の三、四階はあろうかという波の頂上から、底に向かって滑り降りていくことに成功した。

いや、それは滑り降りるというのではなかった。真っ逆さまに落ちるというものだった。凄《すご》いスピードで崩れかかる建物の残骸《ざんがい》に押し潰《つぶ》されないように、必死で逃げる。しかしそのあとに続いた何人かは、逃げ切れずにバランスを崩し、投身自殺をするような姿で投げ出されていった。サーフボードは木の葉のように宙に舞う。浜で見ている僕たちは、波に呑み込まれたあとの衝撃を思って、体を固くした。

洗濯機の中の渦に巻き込まれた靴下のように、いったん海に引き込まれたサーファーは、どちらが海面か海底かわからないまま、息を止めて待たなくてはならない。リーシュという名のロープでつながれているボードが浮かぶのがどちらか、それを見定めてから必死に海面に顔を出す。

巨大な波は、緑色の厚い岩盤のようだった。それが崩れると翡翠色《ひすいいろ》に変わり、純白の泡となる。

僕はその波を前にして打ちのめされていた。こんな凄まじい波に自分が乗れるとは思えなかった。しかし、ここまで来た以上は行かなくてはならない。どうしたらいいのだろう……。

「やめろ、死ぬぞ」

だが、ジミーのそのひとことが迷いをふっ切らせた。

僕はボードを抱えると、真っ白い泡の立っている砂浜からラインナップに向かってパドリングを開始した。しかし、ほんの少し進んだだけで、もう、できれば浜に戻りたいと思った。ようやくラインナップに辿《たど》り着いたものの、凄まじいボリュームのうねりに翻弄《ほんろう》されつづけた。

ラインナップには数人のサーファーがいたが、うねりが来ても誰もテイクオフしようとしない。乗ろうとしないのだ。いつもなら、誰もが波を奪い合うはずなのに、波を譲り合っている。

波がブレイクポイントで崩れ、砕けた轟音《ごうおん》が、海水を伝って体に響いてくる。そのたびに胃が小さく縮み上がるような気がした。

僕はその状態に耐えられず、なかば絶望しつつボードの向きを変え、これまでに見たこともない分厚いうねりと競うようにパドリングし、ボードの上に立ち、まるで頂点が鉄塔のような高さにまで盛り上がった波に乗ってライディングを開始した。崩れようとする波の最上部、リップから飛び散るしぶきの音がまるで銃弾が飛び散る音のように聞こえる。だが、それから何秒も経《た》たないうちに僕はボードと共に宙に放り出されてしまっていた。海底の岩礁にぶつかった波が、突き上げるようにさらに一段高く盛り上がった拍子に、バランスを崩してしまったのだ。裏返しになったボードが僕の体に触れたのはわかったが、それがフィンの最も鋭利な部分で、太腿をザックリと切り裂くほどのものだとはわからなかった。

防弾ガラスのように硬い海面に叩《たた》きつけられ、底まで転がり落ち、覆《おお》いかぶさってきた波に巻き込まれ、暗い海の底に引き込まれていった。どちらが海の上か下かもわからないままもがくように海面を目指した。なんとか海面に顔を出し、息を吸い込もうとしたその瞬間、次の波に巻き込まれ、ふたたび海の底に引きずり込まれた。息がいつまでもつかわからなかった。微かに光が洩《も》れてくる方に向かって必死に浮かび上がろうとした。もう息が続かない。何でもいいから吸い込みたいという願望から、危うく水を飲みそうになって思いとどまった。ほとんど気を失いかけたそのとき、ようやく頭が海面の上に出た。

カメラマンの乗ったジェットスキーに助け上げられた僕は、即座に病院に運ばれて一命を取り留めた。危なかった、とあとで医師に聞かされた。闘牛好きのその医師によれば、闘牛士が命を落とすのは、まさにその大腿部の疵なのだという。闘牛士は牛の角で太腿を突き破られ、出血多量で死ぬ。僕の場合は大動脈が通っているところをほんの少しだけ逸《そ》れていたため致命傷にならなかったのだという。

しかし、命は助かったが、僕は大事なものを失ってしまった。そのとき切り裂かれたのは太腿の皮膚や肉だけではなかったのだ。サーフィンにおいて自分は何でもできるのではないかという感覚を失っただけでなく、体の奥の奥にある、自分をまっすぐに立たせているもの、自分を大きなものに立ち向かわせているものを粉々に打ち砕かれてしまった。僕はビッグウェーブを前に立ちすくむようになってしまったのだ。以後、僕は二度と冬のアリューシャン列島からやって来る巨大な波に立ち向かうことはできなかった……。

5

「日本に戻ってカメラマンの助手になって以来、まったくサーフィンから遠ざかっていましたけど、独立してフリーランスのカメラマンになってからは、機会を見つけて波に乗るようになりました」

僕は劉さんに向かってさらに話しつづけた。

カメラマンとしての仕事を続けているうちにふたたび波とだけ向き合って暮らす生活への欲求が芽生えてきてしまったこと。もう一度だけビッグウェーブに挑戦しようと今度はバリ島に行ったこと。しかしそこには本当の意味のビッグウェーブは存在していなかったこと。やがてビッグウェーブに挑戦するという意欲が失われてきてしまっただけでなくサーフィンそのものへの興味が失われてきてしまったこと。そしてついにバリ島を引き上げ日本に帰ることにしたがその途中でマカオに居つくことになってしまったこと。サーフィンに興味を失ってしまった自分が久しぶりに熱くなれるものとして発見したのがバカラだったこと……。

「なんだかいま、十三歳のときの、初めてサーフィンに出会ったときの気持に似たものが生まれているような気がします」

「しかし、十三歳のときに出会ったものを、そんなに簡単に捨て去ることができるものなのか？」

劉さんに言われてあらためて考えた。考えても、サーフィンに未練はなかった。

「ええ、たぶん」

そう答えてから、ふと、劉さんには、子供時代、僕にとってのサーフィンのようなものが何かあったのだろうかと思った。

「劉さんは、ずっと東京ですか」

「ああ、はずれの方だがな」

「どんな子供だったんですか」

「どんな子供だったか……」

劉さんはそう言うと、指にはさんだ煙草《たばこ》から立ち昇っている細く青いけむりに眼をやった。何かを思い出しているらしく、しばらくそうしてぼんやりしていたが、苦笑に近い笑いを浮かべて言った。

「小学校では、いじめられていた」

そう言えば、先日劉さんの部屋に寿司折《すしおり》を持っていったときも、小学校のときにとんでもなくひどい目にあっていたという話をしていたことがあったのを思い出した。しかし、それがいじめられるというようなことは思いもしなかった。身長は僕よりいくらか低いが百七十センチは軽く超えているだろう。劉さんくらいの世代の人にしてはかなり背の高い方だと思われる。それに、痩《や》せてはいるが骨格はしっかりしている。いじめる側にまわることはあっても、いじめられる側になるとはとても思えなかった。

「体格は？」

「悪くはなかった」

「だったら、そいつらをやっつけちゃえばよかったのに」

僕が冗談っぽく言うと、劉さんが微《かす》かに眉《まゆ》をしかめるようにして言った。

「そういうわけにいかなかった」

「どうしてです」

「俺を徹底的にいじめていたのは担任の教師だったからだ」

「クラスメートではなく？」

「そうだ。五年と六年の担任だったその教師は、徹底的に俺をいじめた。まさに目の敵にしていた」

「なぜ？」

「わからない」

そう言ってから、劉さんは少し考えるように黙り込み、しばらくしてまた同じ言葉を繰り返した。

「わからない。いまでもまったくわからない。理由として考えられるのは、俺が朝鮮籍だったということと、家がひどく貧しかったということだ。しかし、戦後すぐの東京では貧しいということが特に珍しいものではなかった。だから、やはり、そいつには朝鮮籍だということが決定的だったんだろう。そいつの過去に朝鮮人に恨みを持つような何かがあったのかもしれない。敗戦直後、日本人が満州などから引き上げる際、朝鮮半島を通過した家族が多くいると聞いている。そこで、朝鮮人が日本人に対して積年の恨みを晴らすというようなことも実際に行われたらしい。そいつの家族や親戚《しんせき》にむごい目に遭った奴《やつ》がいたのかもしれない。あるいは、単にとんでもなく朝鮮人に対する差別意識の強い奴だったのかもしれない。

いずれにしても、その教師に目の敵にされるようになって、俺も徹底的に反抗するようになった。宿題は絶対にやっていかなかったし、提出物があっても持っていかなかった。それがさらに怒りを買う理由になっていった。宿題を忘れる。すると、他にも忘れた奴がいるのに、俺に向かってだけねちねちと文句を言う。俺は文句を言われても、まったく口を開かず、ただじっと教師を見つめていた。いや、睨《にら》みつけていた。それに苛立《いらだ》った教師が堅い表紙の出席簿で頭を叩いたり、チビたチョークを投げつけたりするようになった。民主主義だの平和主義だの口にしている手前、殴るわけにはいかなかったのだろうが、握った拳《こぶし》が震えているのを何度も見たものだった。

教師が俺に向かって文句を言う回数が多くなり、時間も長くなってきた。俺を立たせてヒステリックに文句を言いはじめると、クラス内に、またか、といううんざりした空気が流れはじめる。もちろん、クラスの奴らにも教師の嫌悪感《けんおかん》が伝染して俺を遠ざけるようになっていった」

僕だったらどうしていただろう、と考えた。学校に行かないという道を選んだような気がする。しかし、劉さんたちの子供時代にはその選択肢がなかったのかもしれない。

「俺はひとりでいることはなんでもなかったから、どんな時間にもいつもひとりでいた。ところが、そのうち、教師が日課のように俺に対するいじめを始めると、クラスのひとりがかばってくれるようになった。教師のしつこい叱責《しっせき》があった授業のあとの休み時間には、まったく関係ないことで声を掛けてくれたりする。それは、最初のうち、たまたまだと思っていた。しかし、徐々に、それが俺をかばってのことだということがわかってきた。教師が授業中に文句を言いはじめると、まったく関係ない質問をしてくれる。あるいは、宿題を忘れて責められていると、そんなはずはないのに、僕も忘れちゃったと大声で言ってくれる。教師は俺をすぐ廊下に立たせた。休み時間が過ぎて、次の授業の時間になっても、教師は忘れたふりをして、俺を立ったままにさせる。すると、そいつが俺を呼んでもいいかと言ってくれる。そして、教師がしぶしぶうなずくと、廊下に出て、教室に入ってもいいって、と呼んでくれる。教師は俺のことを汚いとか臭いとか平気で言っていた。クラスで理科の実験の真似事《まねごと》をするときや運動の時間など、何人かでグループを組むことがあったが、みんな俺と組むのをいやがった。そんなときも、グループに呼んでくれるのはいつもそいつだった。

　そいつは頭がいいだけじゃなくて、足も速ければ野球も上手だった。教室の中はもちろん、運動場でも放課後の原っぱでもクラスの男子のボス的存在だった。だから、そいつに対しては教師も文句を言えなかった。そいつがいなければ、授業がうまく進んでいかないことがわかっていたからだ。授業で教師が何か新しいことを教える。すると、生徒たちが理解したかどうかを確かめるため、わかったかと念を押す。そのとき、必ずそいつの方を見る。そいつは無意識なんだろうが、軽くうなずく。それを見て、教師は安心して次の事項に移っていく。もし、そいつがうなずかなければ、そいつにも理解できていないのだからと、もういちど同じことを言葉を換えて説明し直す。そいつは教師にとってどうしてもいなくてはならない生徒だった。

俺は、昼休みもひとりだった。運動場の端っこでぼんやりしながら、そいつがみんなと駆けまわっている姿を眼で追っていた。そして、そいつに憧《あこが》れていた。自分もあんなふうになりたかったなと。だから、俺はホモの男たちの気持がわからないわけじゃないんだ。少なくとも、精神的に男に惚れるという感覚はわかるような気がする。その小学校での五、六年生の二年間はとても長かった。しかし、もしそいつがクラスにいなくて、その状態がもう少し続いていたら、俺はその教師をどうにかしていたかもしれない」

そのとき、ほんの一瞬だったが、劉さんの表情に殺意のように鋭いものがよぎった。

「俺は、小学校を卒業するとき誓ったことがある。大人になったら、いつか俺をかばいつづけてくれたそいつに借りを返そうと」

僕には教師に理不尽な目に遭わされていたという少年時代の劉さんが想像できなかったが、ひとりの少年が自分を守ってくれていたもうひとりの少年を遠くから熱い視線で眺めている、というシーンは明瞭《めいりょう》にイメージすることができた。そして、そのシーンは、なんとなく胸の奥深いところにある琴線のようなものに触れてくる切なさがあった。彼にいつか借りを返そうと誓った、と劉さんは言う。劉さんのことだ、その思いは一時のものではなく、一生抱きつづけるほど強いものになったことだろう。

「中学に入ると、俺は背丈が急速に伸び、腕力もついたから、教師たちは俺に対して腫《は》れ物に触るような扱いをするようになった。もし、小学校の教師のようなことをする奴がいたら、きっとただでは済まさなかったと思う。授業はよくサボったが、すんなりと卒業させてくれた。教師たちはできるだけ早く俺を追い出したかったんだろう。釘師《くぎし》のじいさんの言葉によって、ひょんなことから高校に通うようになり、大学を出て、大日本産業を切りまわしているときに二年間刑務所に入った。そこを出てからは無理なこと、危険なことを一切せず、おとなしく会社を運営していた。表の不動産業も闇《やみ》の金融業も地下のカジノもすべて順調だった。そんな時代が七、八年は続いただろうか。あるとき、繁華街を歩いていて、すれ違いざまに中年の女性に声を掛けられた。顔をよく見ると、小学校のときの同級生だということがわかった。何十年も経っているはずなのに、幼いときの面影というのは消えないものらしい。その同級生に俺がわかったように、俺にもその同級生のことがわかった。同級生はなつかしげにいろいろ喋《しゃべ》りかけてくれたが、俺には思い出したくもない時代のことだった。適当にあしらって別れようとしたとき、その同級生がクラス会のことを口にした。その週の日曜日に卒業してから三十年たったのを記念してクラス会をすることになっている。彼女も幹事のひとりで、俺の住所がわからなくて連絡できなかったが、ぜひ参加してほしい、と言う。冗談じゃないと最初は思ったが、別れたあとで迷いはじめた。俺には、卒業するときに心に誓ったことがあったことを思い出したからだ。いつかあいつに借りを返さなくてはならない。だが、どうしたら借りを返せるか。それを確かめるためだけにクラス会に出ることにした」

クラス会とは、およそ劉さんに似つかわしくない場のように思える。劉さんも、その滑稽《こっけい》さが自分でわかるらしく、クラス会という言葉を出すときに、自嘲《じちょう》するような響きをこめていた。

「同級生が教えてくれたとおり、そいつもクラス会に出席していた。だが、そいつを見て、俺は自分の眼を疑った。人はこんなに変わるものなのか。いや、変われるものなのか。小学校時代の輝きを失っていただけじゃなく、実のない薄っぺらなことをぺらぺら喋りまくるだけのつまらないサラリーマンになっていた。サラリーマンが悪いというわけじゃない。ただ、そいつには、教師に刃向かって俺をかばいつづけていたときのような覇気がなくなっていた。しかし、借りは借りだ。二人だけで話せる機会が訪れたとき、俺は、五、六年のときに助けてくれたことの礼を言い、もし困ったことがあったら、どんなことでもいいから声を掛けてくれと告げた。そいつは、どうやら、俺が組関係の仕事をしているということを誰かから聞いて知っているらしく、とんでもないというように俺から離れていった。その態度には失望させられたが、俺の気持は済んだ。半分くらいは借りを返したつもりになっていた。

ところが、それから四、五年が過ぎたある日、突然、そいつから電話が掛かってきた。会いたい、と言うんだ。会うと、突拍子もないことを言い出した。銃がほしいというんだ。なんとか都合をしてもらえないか。理由を聞くと、娘を棄《す》てた男を殺したいのだという。娘が棄てられるたびに父親が相手の男を殺していたら、日本の人口は激減するぞ。俺は冗談に紛らわそうとした。すると、そいつは涙を流して言った。娘は男に騙《だま》されたあげく……」

そこで劉さんは、ふっと黙り込んだ。当時のことを思い出しているのかもしれない。僕は言葉を差し挟まず、劉さんが話し出すのを待った。

「娘は男に騙されたあげく……電車に飛び込んで、自殺した。何としてもその男に復《ふく》讐《しゅう》したい。俺はその級友を落ち着かせると、時間を少しもらうことにした。そして、娘を捨てたという男のことを調べてみた。調べれば調べるほどろくでもない若造だった。ホストクラブを経営していて、自分もホストとして店に出ては、水商売の女だけじゃなく、素人《しろうと》の女からもむしり取っていた。同級生の阿呆《あほう》な娘は、むしり取られるだけむしり取られたあげく、なかば売られるようなかたちで風俗の世界にはまり込んでいた。もっとも、当の娘は、恋人のために苦界《くがい》に身を沈める、というような新派大悲劇を地で行っているつもりだったらしいが、なあに若造は恋人なんて一度だって思ったことはなかったはずだ。その若造は、この世からいなくなってもまったく問題のない男だった。しかし、だからといって、平岩が——そいつは平岩という名前だったが——殺せばすぐに足がつくだろう。拳銃《けんじゅう》を用意するなどということは最初から問題外だったから、痛めつけることを提案した。しかし、どうしても殺したいと主張する。そこで殺すに等しいこと、足腰が立たない半殺しの目にあわせてやろうではないかというところで納得させた。

仕事とは無関係なので組の人間を使うわけにはいかない。俺が自分で手を下すことにした。行きずりの犯行なら、仮に露見しても罪は軽い。ところが、金属バットを手に、その若造の住んでいるマンションの近くの線路脇《わき》の暗がりで襲うと、意外に強く反抗してきた。よほど臆病《おくびょう》な奴なのかガキのチンピラが持つような飛び出しナイフをポケットに忍ばせていたんだ。最初の一撃で戦意を喪失させられなかった俺が馬鹿《ばか》だったのだが、その飛び出しナイフで腕を刺されてしまった。そのため俺も手加減ができなくなってしまい、気がつくと手にした金属バットで……叩き殺していた」

劉さんは、そう言って、煙草を挟んでいる手と反対の手に眼を落とした。握っていた手のひらを開き、また強く握った。

「叩き殺していた。そう、俺は間違いなくその若造を叩き殺していた……」

劉さんは人を殺していた。本来なら、激しい衝撃を受けてもいいはずだった。しかし、僕はその事実を当人の口から聞いても少しも意外に思わなかった。ただ、そうだったのか、と思っただけだった。

「幸い、その現場は誰にも見られていなかった。すべては細心に計画してあったから、捜査が自分のところまで来るはずはないと楽観していた。だが、俺は日本の警察を甘く見過ぎていた。凶器を金属バットと特定したところから、それを行きずりの殺人だけではなく、怨恨《えんこん》による殺人まで範囲を広げて捜査することになった。すると、若造の派手な女出入りの線から平岩の娘のことが浮上するのはすぐだった。ある日、平岩が若造の留守番電話に罵詈《ばり》雑言《ぞうごん》を吹き込んでいた。馬鹿なことに、平岩が若造の留守番電話に罵詈雑言を吹き込んでいた。ある日、平岩から、任意の取り調べを受け、家に戻る途中だがこれからどうしようと電話が掛かってきた。念のため平岩にその夜のアリバイを完璧《かんぺき》にしておけと言ってあったから、少しでも肝っ玉がある奴ならうろたえる必要はないはずだった。何度取り調べを受けても知らぬ存ぜぬで通せと言ったが、そいつの気配から口を割るのも時間の問題だと思った。実際、その次の取り調べでは、ずいぶんあっさりと、お節介《せっかい》な知り合いが痛めつけてやると安請け合いしたあげく勝手に殺してしまった、と吐いてしまったらしい。俺は、最初に平岩の電話を受けた直後、用心のため身を隠すことにした。

手配されたあとで、組長に電話で事情を説明すると、七、八年入ってこいと言われた。ヤクザは逃げ廻ることの無意味さをみんなよく知っている。首をすげ替えられて新しくなっていた組長は、俺を必要としていたということもあって、早く入って、早く出てこいという考え方だった。その方が、ハクはつくし、ワリもいい。俺もいったんはそうしようかと思った。だが、潜伏先でじっとしているあいだに、その七、八年がとんでもなくもったいなく思えてきてしまったんだ。どこかで、経済ヤクザの稼業《かぎょう》に虚《むな》しさを感じていたということもあったのかもしれない。だが、逃げ廻っても、未来はない。いや、日本には、逃げまわれるところがない。そのとき、林康龍の言葉を思い出した。林康龍が困ったときは連絡してくれといっていたことを思い出したんだ。皮肉なものだ。同じ言葉を級友に吐いたためにこんな目に遭っている。その窮地を脱するために、今度は俺がそれと同じ言葉にすがって助けを求めようとしているんだからな。マカオに連絡を取り、日本から出してほしいと頼むと、三日後には潜伏先に専門家を送り込んで別名のパスポートを作ってくれた。あとは妙な小細工をいっさいせず、そのパスポートを使ってバンコク行きの飛行機に乗った。俺は林康龍の指示どおり、福建人の経営する漢方薬の問屋で働くことになった。劉という名前を与えられ、福建人のコミュニティーの中で暮らした。その間、福建語でしか話さなかったので、かなりの程度まで自由に話すことができるようになった。ところが、台湾から凶悪な事件の犯人グループがバンコクの華僑《かきょう》社会に逃げ込むということがあって、タイの警察がローラー作戦を行いはじめた。まっさきに疑われたのは福建人のコミュニティーだった。台湾は福建人の国でもあったからだ。俺には華僑の持っている正規の身分証明書がない。持っているのは有効期限の切れた日本の偽造パスポートだけだ。危険が迫ってきて、俺はタイを離れざるをえなくなった。陸路で中国に入り、珠海《ジューホイ》から海路でマカオに渡ってきた。そして、もう十年が過ぎた……」

そして、もう十年が過ぎた、という言葉には、劉さんには珍しく微かな詠嘆の響きが忍び込んでいた。ということは、日本を出てから十四、五年になるのかもしれない。

「つまらない男のために、つまらない若造を、つまらない理由で殺した。殺し方もつまらなければ、その露見のしかたもつまらないものだった。たぶん平岩は、警察で、口を割らないと殺人を依頼したことになるお前の方が罪が重くなるぞと脅かされたんだろう。平岩は、俺に対する恩義だとか仁義だとかいうものなんてこれっぽっちも考えることなく洗いざらい吐いてしまった。俺が国外に逃亡することにしたのは、そんなつまらない男のために七年も八年も刑務所に入っているのが虚《むな》しく思えてきたということもあった。もちろん、国外逃亡した奴の末路についてはよく知っていた。何年かすると必ず日本に舞い戻ってくる。そして、つかまる。いや、つかまるために舞い戻ってくるんだ。外国で生きて行くことに耐えられなくなってな。だが、俺には自信があった。どこでも生きられる。女房子供も持っていない。類縁もほとんど死んでいる。たったひとりの妹は結婚してアメリカで暮らしている。日本にいなけりゃならない理由はない。そして、実際、タイでもマカオでも生きられた。だが、俺にはたったひとつ誤算があった。日本語を喋りたいという欲望がまだ残っていたことだ……」

そう言いながら、劉さんは僕の顔を見た。

「いや、もうひとつ誤算があった。俺の眼の前におまえのような若造が現れるということだ。俺が叩き殺してしまった若造もおまえのようによく日に焼けていた。もっとも、そいつは日焼けサロンとかいうところで人工的に焼いていたらしいが、単に日に焼けているというだけでなく、おまえの姿かたちにはどこかそいつに似ているところがあった。墓地で初めて話しかけられたとき、一瞬そいつが現れたような気がして驚いた。すぐに馬鹿なことをと自分を嗤《わら》ったが……」

いつの間にか劉さんの手の指に挟まれた煙草が短くなっていた。気がついた劉さんはそれを捨て、踏み潰して消すと、もう一本に火をつけた。軽く吸うと、咳《せき》が出た。そして、その咳き込みはしばらく止まらなかった。

「医者に診てもらってください」

「頼まれたのか」

「えっ？」

「李蘭に」

「いえ……でも、僕もそう思います」

「なんのために？」

「病気を治すために」

「治して？」

劉さんの口元に皮肉な笑いが浮かんでいた。

「治さないと、どうなる？」

「………」

「死ぬか」

「ええ、死に至るかもしれません」

「命は惜しくない」

「でも……」

「しかし、もう少し生きていたい」

命は惜しくないという台詞《せりふ》に違和感はなかったが、もう少し生きてみたいという言葉はなんとなく劉さんらしくなかった。

「見つけたいものがある」

劉さんがつぶやくように言った。

「見つけたいものがある……」

僕はほとんど無意識に劉さんの言葉をなぞっていた。

「必勝法だ」

「必勝法……」

「バカラの必勝法」

「バカラの必勝法……」

「バカラの必勝法を見つけるまで、もうしばらく生きていたい」

「もうしばらく……」

また劉さんの言葉をなぞりそうになって、僕は我に返った。

「バカラの必勝法、なんてあるんですか」

「あるはずがない」

「だったら、どうして……」

「バカラに必勝法などあるはずがない。誰もがそう思う。しかし、ないと証明した奴はまだいない。あることを証明した奴がいないのはもちろんだが、ないことを証明した奴もいない。おまえは証明できるか」

「バカラは丁半博打《ちょうはんばくち》のようなものです。短期的には出目《でめ》が片寄っても、長期的には無限に五分五分に近づいていくはずです。丁半博打に必勝法はありません」

自分でそう口にしながら、僕もまたそれを信じてはいないことがわかっていた。

「確かにバカラは丁半博打のようなものだが、丁半博打そのものではない。のようなものと、そのものとは違うはずだ。のようなものには、どこかに穴がある。隙間《すきま》がある。そこから必勝法が生まれてこないと誰が言える」

　劉さんの言葉には異様な熱がこもっていた。

「俺は世界を失った」

「………」

「たぶん、世界のすべてを」

確かに劉さんは故郷を失い、国籍を失い、名前すら失っている。

「失ったものは取り戻せない。だが、砕け散った世界のかけらをもう一度ひとつにできる方法があるかもしれない」

「バカラの必勝法……」

「そうだ、バカラの必勝法だ。それを手に入れることができれば……」

「手に入れることができれば……」

「失われた世界を、もういちど手に入れることができるかもしれない」

そのとき僕も自分の内部でぼんやりしていたことがはっきりしてくるように思えた。もしかしたら、自分がマカオに居つづけているのもやはり必勝法を求めてのことではないのか、と。

「僕も……」

僕が、思わず口にすると、劉さんが驚いたようにこちらに顔を向けた。

「おまえも？」

僕も世界を失っていたのかもしれない。いや、僕は幼いときからすでに世界を失っていたのかもしれない。劉さんの言う「属する世界」を持っていなかった。家庭というものも、あるようでなかった。その結果、父からも、母からも、ある意味で棄てられることになってしまった。しかし、サーフィンを知って、辛《かろ》うじて世界を回復することができていた。サーフボードが僕と世界をつなぐ一枚の皮膚のようなものだった。サーフボードを通して波とつながり、海とつながり、世界とつながっていた。だが、バリ島でケンにサーフボードを託したとき、愛着のあるロングボードを手放したとき、サーフィンを失っただけでなく、世界を失ってしまっていたのかもしれない。オアフ島のワイメア湾でひび割れた世界が、バリ島の空港で粉々に崩れ去ってしまった。僕もまた、もういちど世界を回復するために、バカラの本質を摑《つか》みたいと思っていたのではないか

……。

「もしかしたら、僕もバカラの本質を摑みたいと思っているような気がします」

「バカラの本質？」

「ええ、バカラの本質。それを必勝法と言い換えてもいいかもしれません」

「それで、おまえに何かわかったのか。そのバカラの本質とやらの」

その言葉には劉さんのいつものシニカルさが含まれていなかった。知りたいという

思いが素直に現れていた。

僕は言った。

「重要なのは波だと思います」

すると、劉さんが少し失望したように言った。

「ツキの波か」

「いえ、バカラの勝負にツキなどといういい加減なものを考慮に入れる必要はないと思います。ツキという言葉も運という概念も排除していい。自分が立てた目の予測が当たるかはずれるか。勝つか負けるか。ただそれだけです。でも、出目によって、バカラの台には間違いなく波が生まれるような気がするんです」

「波か……」

「バカラの台が海だとすると、八組四百十六枚のカードが海の水です。そのカードによって目が生まれ、目が組み合わさって波ができる。長いツラ目は大きい波です。中国式の出目表では、ツラ目は垂れ下がるツララのような姿をしています。でも、それを上下逆さまにすると、浜辺に打ち寄せてくる波のようになります」

「しかしそれがどんなかたちの波になるかは、砕け散ってしまわなければわからない」

「そうなんです。大きい波か、小さい波か。それが乗れる波なのか、乗ることのできない波なのか……」

「波か……」

劉さんは指に煙草を挟んだまま、それを口に運びもせず、彫像のように動かなくなった。

「波か……」

しばらくして、劉さんはもう一度つぶやくと、立ちのぼる煙草のけむりに眼をやった。

そのとき、教会の扉から李蘭が出てきた。

近づいてきた李蘭の顔を見ると、眼の下に涙を流したようなあとが残っていた。

僕は思わず眼をそむけた。

「さあ、行くか」

劉さんが立ち上がった瞬間にふらっとよろめいた。

とっさに李蘭が劉さんの腕を取り、大事には至らなかった。

それを見て、僕はまた嫉妬心《しっとしん》が芽生えかかるのを覚えた。劉さんがよろめき、李蘭が支えた。そのことに嫉妬したのではなかった。僕が立っていたら李蘭と同じことをしただろう。そうではなく、李蘭が腕を取る瞬間、中国語で小さく叫び、それに対して劉さんも中国語で短く応じたことに嫉妬したのだ。

「＊＊＊！」

「＊＊＊！」

僕にはどちらの言葉もわからなかった。

6

海に面したフランシスコ・ザビエル教会前の道を歩いていくと、村の中心らしい小さなロータリーに出た。そこに立っている巨木の葉の下に、タイパ大橋を渡って旧市街に向かうバスの停留所がある。そして、その向かいの建物の脇に、一台のタクシーが客待ちをしていた。

「ラッキー」

僕は口に出して言うと、劉さんと李蘭を後部座席に乗せ、自分はやはり前に坐《すわ》った。マカオも日本と同じく車は道路の左を走ることになっているので、ハンドルが右についている。必然的に、僕が坐ったのは運転手の左についている助手席ということになった。

「葡京酒店に行って」

李蘭が中国語で行き先を伝えてくれた。葡京はリスボア、つまりリスボンを意味する中国語だ。李蘭はまずリスボアに行くつもりらしい。もちろん、リスボアは火船頭街より手前にあるから、道順に従えばリスボアが最初の目的地になるのは当然だ。しかし、李蘭は、ひとりを降ろしたあとは火船頭街まで行くということを口にしなかった。李蘭も劉さんと一緒にリスボアで降りるつもりらしい。タイパ大橋を渡る頃には日が暮れているだろう。もしかしたら、夕食に誘えば応じてくれるつもりがあるのかもしれない。三人で、もういちど食事ができる……。

やがて、タクシーは海沿いの道を走るようになった。右手は丘に続く崖《がけ》、左手は海に切れ落ちている崖。二つの崖の間を切り拓《ひら》いて造られた一本道からは、暮れて行く空が薄紫の色をしだいに濃くしていく様子がよく見える。美しいな、と僕は思った。

車内は無言だった。しかし、その沈黙は居心地の悪いものではなかった。黒沙海灘の別荘風の家で過ごした数時間が、黙っていても不自然ではないだけ三人の気持を近づけてくれたような気がする。

僕はぼんやり眼を前方に向け、カーラジオから流れてくる男と女のお喋りに耳を傾けていた。掛け合い漫才のようなテンポで女が男をやり込めている。

〈これが生きのいい広東語《カントン》のやり取りなのか……〉

山道に入っているせいか対向車線にまったく車が通らない。

緩やかな下りの道をカーブしたとき、サイドミラーにチラッと後続の車が映った。

〈紺色の乗用車……〉

意味もなく頭の中でつぶやいた、次の瞬間、おやっ、と思った。なんとなく、見覚えがあったからだ。

後部座席の二人に心配させないよう、次のカーブのときに確かめようと思った。

しかし、左カーブのときは僕の側のサイドミラーにうしろの車の姿は入らない。

次の右カーブのときに注意をしていると、紺色の乗用車は間違いなくベンツだった。

紺色のベンツなどマカオには何百台と走っているかもしれない。しかし、なんとなくこのタクシーのあとをつけているような気配がする。何をしようとしているのだろう。

考えていると、後部座席の劉さんが言った。

「どうかしたか」

「ええ……」

「うしろの車か」

「ええ」

「ついてきてるな」

劉さんにもわかっていたらしい。

「あのベンツ、なんとなく見覚えがあるんです」

「俺にもある」

そう言えば、僕が拉《ら》致《ち》された空きビルに劉さんが李蘭と駆けつけてくれたとき、まだあの紺色のベンツも空き地に停められていたはずだ。

「なぜ、つけているんでしょう」

「わからない。わからないが……」

タクシーの運転手にも僕たちの会話が緊張してきたのがわかるらしく、チラチラとバックミラーで後続の車を見はじめた。

ところが、次の左カーブのときにうしろを振り向いて見ると、その紺色のベンツが消えていた。どこかで別れ道を曲がったか、途中で停まったか。いずれにしても、つけられていたのではないのかもしれない。

〈気のせいだったのだろうか……〉

しかし、ホッとしたのも束《つか》の間《ま》だった。

次にタクシーが右カーブを曲がると、眼の前に大型トラックが道をふさぐように停止していた。

「あっ！」

僕は叫ぶように声を出していた。そして、ほとんど次の瞬間、左の海側の斜面が断《だん》崖《がい》絶壁ではなく、急勾配《きゅうこうばい》の雑木帯だということを眼の端に留めると、運転手が凍りついたまま何もできなくなっているハンドルに手を掛け、大きく左に切った。

車は、トラックに激突もせず、急ハンドルによって横転もせず、低い車止めを飛び越し、斜面を落下するように滑り落ちていった。

「姿勢を低く！」

そう叫ぶと、僕もハンドルを持ったまま顔を伏せるようにして屈《かが》んだ。

もし、斜面の先端がそのまま海に切れ落ちていたら、終わりだったかもしれない。

幸運なことに、岸辺にほんのわずか平らな部分があり、それが踏切板のような役割を果たしてくれた。おかげで、車はノーズから直線的に海に突っ込まずに済み、軽くジャンプするように海に落ちてくれた。

しかし、少しは浮いているかと思っていたが、さすがに大人四人の体重を支えるほどの浮力はなく、車はすぐに沈みはじめた。

「窓を開けて！」

古い車のため、窓の開閉はハンドル式だった。

僕は必死に窓のハンドルを回した。後部座席の二人も同じようにしているのが気配でわかった。

ただ、運転手だけが、凍りついたまま何もできない。

「＊＊＊＊！」

李蘭が僕の言葉を中国語で繰り返してくれたようだったが、運転手はハンドルを固く握ったまま動かない。

そのうちにも車は沈んでいき、開けた窓から水が入ってきた。それによって、さらに沈む速度が増してきた。

水が車の天井まで達したとき、僕は窓をくぐり、泳いで車の外に出た。狭かったが、意外とスムーズに出ることができた。

それにならって、李蘭も海に出た。劉さんもゆっくりとだが、窓から出ようとしている。ただ、運転手だけが水を飲み、苦しそうにもがいている。

僕は海面に出て大きく息を吸い込むと、また潜って車に戻り、助手席の窓から運転手を引っ張り出すことにした。

首を突っ込み、手を伸ばし、運転手の襟首を掴むと、引き寄せた。運転手は恐慌《きょうこう》をきたして暴れたが、なんとか窓の外に出すことができた。僕は一気に海面に浮上した。

運転手は海面に首が出ると、口と鼻から水を吐き出し、息を吸った。まったく泳げないらしく、ようやく自分の置かれた状況を認識すると、僕に抱きついてこようとした。

それをされては共倒れになる。僕は運転手のうしろにうしろにと廻り込むように立ち泳ぎを続け、左手に持った襟首を放さなかった。

そして、背後から、手足をバタバタと動かして暴れる運転手の頬を思いきり右の平手で叩《たた》いた。

びっくりした運転手は暴れるのをやめ、おとなしくなった。

僕は服の襟で喉《のど》を締めつけることになるのを避けるため、握る箇所をシャツの背中の部分に持ち替え、そこを押し上げるようにして引っ張りながら岸に向かった。

岸には、もう泳ぎついた李蘭がちょうどいい大きさの岩からよじ登ろうとしていた。

そして、僕が運転手と岸まで泳ぎ着いたときには、李蘭が劉さんを岸に引っ張り上げるところだった。

岸に上がった運転手は両手を突き、ゲーゲーと水を吐いている。

僕は雑木のあいだに生えている草の上に仰向《あおむ》けになって横たわった。

〈助かった……〉

そう思った瞬間、緊張が解けたのか全身に激しい疲れを覚えた。泳いでいたのはそう長い時間ではなかったはずなのに、手足の筋肉に痛みに近い熱がこもっている。だが、僕には全身が濡《ぬ》れてしまった劉さんの体のほうが心配だった。

こういうときはどうしたらいいのだろう。まず警察に連絡すべきなのだろうが、ここではその方法がない。かりにあったとしても、劉さんを交通事故の事情聴取であれ警察の取り調べの対象とさせるわけにはいかない。劉さんが不法滞在者であることがバレてしまう。李蘭にしても、あまり警察と関わりを持ちたくはないだろう。それに、そもそもこれは単なる交通事故ではない。意図され、仕組まれた事故なのだ。あのまま大型トラックに突っ込んでいたら、タクシーは大破して、僕たちの命もどうなったかわからない。警察にありのままを喋れば、殺人未遂事件として人騒ぎになるはずだ。

何をどうしたらいいのかわからない。僕が途方に暮れていると、少し離れたところに腰を下ろしていた劉さんが言った。

「上の道まで登って、車を停めよう」

かりに停まってくれたとしても、濡れネズミの僕たちを乗せてくれる車はないだろう。

「乗せてくれるでしょうか」

僕が疑わしそうに言うと、劉さんが出来の悪い生徒に言い聞かせるようないつもの口調で言った。

「乗るんじゃない。携帯電話を借りるんだ」

なるほど、そういう手があったのだ。

「もしかしたら、その電話で……」

僕が言うと、劉さんは立ち上がりながら言った。

「そうだ、林康龍のところに掛けてみる」

僕も立ち上がり、とりあえず二人だけで上の道まで登ってみることにした。車になぎ倒された雑木の横を通って斜面を登っていくと、劉さんもしっかりとした足取りで僕のあとをついてくる。

道の上に出ると、道を塞《ふさ》ぐようにして停まっていた大型トラックはいつの間にか姿を消していた。

劉さんに斜面の雑木の脇に隠れていてもらい、僕がひとりで停めることにした。濡れネズミの男二人が手を上げても、びっくりさせるだけだと思えたからだ。

しかし、車の往来がない。

ようやく上の方から下りの車線に一台の乗用車が通りかかったが、停まってくれなかった。

二台目は上りの車線の中型の配送車だった。これは停まってくれたが、運転手が携帯電話を持っていなかった。

三台目も四台目も停まってくれず、なんとなく悲観的になりかかったが、五台目の乗用車がようやく停まってくれた。車が停まると、下の雑木の陰から劉さんが出てきて中国語で話しかけた。

よくはわからないが、交通事故に遭って困っているというようなことを話したのだろう。洒落《しゃれ》た服を着た中年男性が携帯電話を貸してくれた。

劉さんは電話番号を押すと、出てきた林康龍らしい人と話を始めた。要領よく話せたのか簡単に終わって中年男性に携帯電話を返した。すると、その中年男性も林康龍と思われる相手としばらく話していた。

その電話を切り、乗用車の中年男性は、軽く手を挙げて走り去っていった。

「しばらくここで待っていろということだ」

「ここがどこかわかるんでしょうかね」

「あの車を運転していた男に訊《き》いてくれたようだ」

僕はまだ斜面の下にいる李蘭と運転手の二人に、道まで上がってくるよう声を掛けた。

運転手は必死に登ってくると、僕たちと少し離れたところで、四《よ》つん這《ば》いになって大きな息をつきつづけている。よほど苦しかったのだろう。

「あの運転手もかわいそうに、まったくの災難でしたね」

僕が言うと、劉さんが意外なことを口にした。

「いや、同情は無用かもしれないぞ」

「どういうことです」

「道が違っていたような気がする」

そう言えば、僕にも乗ったタクシーが旧市街に向かうのではなく黒沙海灘の方に戻っていっているような奇妙な感じがしていた。だが、近道を知っているのだろうと思って、その違和感を頭から追い出していたのだ。

「ということは、この運転手も……」

「金をもらって、細工をしていたのかもしれない」

「でも、あの運転手も僕らと危うく命を落とすところでした」

「そこまで知らされていなかったんだろう、馬鹿な奴《やつ》だ」

路肩の少し下の斜面に坐って、ゆっくりと暮れていく海の景色を眺めていた。

「今度はおまえに助けてもらったな」

劉さんが言った。

いや、もとはと言えば、すべての発端は僕にあったのだ。

「すみません、こんなことに巻き込んでしまって」

それには反応せず、劉さんが不思議そうに訊いてきた。

「どうして、あんなことを知っていたんだ」

「あんなこと？」

「まず、窓を開けろと叫んだことだ」

オアフ島のノースショアーにいたとき、親しくなったジミーの父親のヤマグチ氏が、僕にライフセーバーの講習を受けることを勧めてくれた。そのとき、講師のひとりが余談として、車ごと海や川に突っ込んだときの対処法を教えてくれた。もし、泳ぎに自信があったら、とにかく、まず第一に窓を開けておく。ドアは水圧で開かなくなるから脱出口の確保が最も大切なことだというのだ。

「アメリカ人に教えてもらったことがあったんです」

するとと、劉さんがさもおかしそうに笑いながら言った。

「アメリカ人というのは、ろくでもないことを教えたがるんだな」

「そのおかげでわたしたちは助かった」

李蘭が言った。

劉さんは李蘭の姿を見ると、からかうような口調で言った。

「おまえは偉い。こんなときでもバッグを放さなかった」

李蘭は酒と握り飯を入れたバスケットを持ってきたため、ハンドバッグを小さめのポシェット風のものにして、肩から斜めに掛けていたのだ。

「たいしたものは入ってないけど」

そう言いながら、李蘭はバッグの中をあらためた。

「何もなくなってない」

僕もジーンズのポケットをあらためると、部屋のカードキーと濡れた香港ドルの札が出てきた。

「僕もみんなある」

「俺は最初から何も持っていない」

そして、劉さんはタクシーの運転手の方を向いて、言った。

「きっと、貰《もら》った金も車の中だろう。あいつひとりがくたびれもうけだったことになる」

三人で声を上げて笑うと、ビクッと頭を上げた運転手が不安そうにこちらを見た。

第十章　デッドエンド

1

　タイパ島へ劉さんと李蘭と行った翌日から、僕はまたバカラの台の前に坐《すわ》るようになった。

　島からの帰りに、車ごと海に飛び込み、辛《かろ》うじて助かった。そのときは、さほど危機的な状況だとは思わなかったが、あとほんの少し判断が遅れていたら、タクシーは大型トラックの横腹に激突して大破していただろう。また、僕が運転手からハンドルを奪うようにして強引に左に切ったとき、その勢いで横転していても不思議ではなかった。さらに、崖《がけ》と海との境目にいくぶん平らなところがなかったら、真っ逆さまに落ちていった勢いで、水面から筍《たけのこ》のように頭だけ出している岩々に凄《すさ》まじい勢いでぶつかっていただろう。ひとつひとつの条件がほんの少し異なっていたら死んでいたかもしれないのだ。僕たちは、まさに、九死に一生を得たのかもしれない。

　劉さんが連絡をし、路肩に坐って待っていると、意外に早く林康龍の命を受けた大型のワンボックスカーがやって来た。運転手の横にいかにも切れ者風の男が乗っていて、彼が必要なことをすべて、しかも手早くやってくれた。まず、車にはバスタオルと人数分の服が用意されてあり、濡《ぬ》れた服を着替えるよう勧めてくれた。僕たち男は崖の斜面の思い思いのところで、李蘭は窓のガラスが黒くスモークされている車の中で着替えた。さらに、男は劉さんに林康龍からの言葉らしきものを伝え、タクシーの運転手には強い口調で何かを言い含めた。

走りはじめた車の中で、その男が劉さんとタクシーの運転手に言ったことを李蘭から日本語で聞かされた。

それによると、きちんと手を打ったので、あのサングラスの男と部下についてはもう心配しなくていいということだった。手を打ったというのがどのようなことを意味するのかはわからなかったが、話に聞く林康龍という人が心配しなくていいと言っているのだ。このようなことは二度と起きないと信じていいのだろう。そして、運転手にはこう言っていたという。警察とタクシー会社にはこちらから連絡をしてある。海に落ちたのは運転ミスだったという以上のことを喋《しゃべ》るな。そして、客はこの三人の方たちではなく俺だったということにしろ、と。

車はすっかり暗くなった頃、タイパ大橋を渡って、リスボアに着いた。男は、僕だけ降りるように言い、車は残りの三人を乗せたまま走り去った。タクシーに乗ったときはリスボアの近くで食事でもしようと提案するつもりだったが、とてもそのようなことを言い出せる状況でも雰囲気でもなかった。なにより、水に濡れた劉さんの体が心配だった。しかし、真新しいシャツとズボンを着た劉さんは、むしろ以前よりすっきりして見えた。

「体は大丈夫ですか？」

僕が車を降りながら言うと、劉さんがいつもと変わらない調子で言った。

「久しぶりに水風呂《みずぶろ》に入っただけだ」

僕は思わず笑ってしまった。そして、李蘭に言った。

「ありがとう。楽しかった」

すると、李蘭が僕の眼を覗《のぞ》き込むようにして言った。

「楽しかった？　あんな目に遭《あ》っても？」

確かに、命を失ないかねないほどの危険に見舞われていたのかもしれない。しかし、そのときはもう、僕にとっては、楽しかったピクニックに用意されたアトラクションのように思えるほどのものになっていた。だから、僕は李蘭に言ったのだ。

「たとえどんな目に遭っても」

と。

すると、劉さんがにこりともせずに李蘭に言った。

「あの塩むすびの霊験《れいげん》はあらたかだったな」

久しぶりということもあったのだろうか、バカラを再開したばかりのときは、チップを賭《か》ける瞬間にほんの少し心が震えるように思えたのが新鮮だった。

それでも、何回か勝ったり負けたりしているうちには以前の感覚が甦《よみがえ》ってきて、ただひたすら次の目が「庄」か「閒」かを読むことに集中できるようになった。

しかし、すべてがまったく以前と同じというわけではなかった。

頭の片隅に劉さんがフランシスコ・ザビエル教会前のベンチで口にした言葉が残っていたためらしい。僕は賭けながら、どこかで「必勝法」なるものを模索するようになっていたのだ。

冷静に考えれば、一種の丁半博打《ちょうはんばくち》であるバカラに必勝法などというものが存在するはずのないことは明らかだ。サイコロを放り投げて、出た目が丁か半か、偶数か奇数かを当てられる確率は五割である。もちろん、連続して二回、三回と当たることはあるかもしれない。だが、それを無限に続けていけば、いずれ確率五割の世界に近づいていく。

英語で書かれたカジノの教本には、それを「ロウ・オブ・ラージナンバーズ」と呼ぶとあった。最初にハワイに行ったとき以来、常に持ちつづけている手のひらほどのサイズの小さな『英和／和英辞典』で調べてみると、日本語では「大数《たいすう》の法則」と言うらしい。

バカラも勝負を数多くやっていけば勝ち負けの確率は五割に収束していく。とすれば、「庄」で勝ったときに支払うコミッションの分だけ減っていくことになる。つまり、それは大数の法則によって敗れることを意味する。大数の法則に打ち勝つためには、短期の勝負で、はずれた回数より、当たった回数が多いときにやめるしかない。

だが、それを必勝法とは呼ばないだろう。必勝法と言うからには、誰がやっても、どれだけやっても勝つことができなくてはならない。

僕もまた、いつしか必勝法という馬鹿《ばか》げた幻想に取り憑《つ》かれはじめていた。

いや、理性では「馬鹿げた幻想」と嗤《わら》いつつ、心の底では必ずしもまったく荒唐無稽《こうとうむけい》なものとは見なしていない自分がいることも感じていた。

確かにバカラは一種の丁半博打である。しかし、「一種の」というところに完璧《かんぺき》な丁半博打の論理と異なるものが潜んでいるように思われる。それを劉さんは「のようなものの隙間《すきま》」という言い方をしていた。

まず、勝負が無限ではなく、シューの中に収められた八組四百十六枚のカードによって配られるだけの数という制限がある。

次に、配られたカードによってできる二つの目のうち、「庄」の方が「閒」よりほんの少し有利だということがある。たとえば、最初に配られる二枚のカードの合計が、「閒」が五、「庄」も五だったとする。次に配られる「閒」の三枚目のカードが九だった場合、「閒」は五と九の四となり、その時点で「庄」の勝ちが決定してしまう。もし、「庄」にも三枚目が配られたら、「閒」の合計数の四より小さくなる可能性がないわけではないから、その危険性があらかじめ排除されているという意味において、「庄」の側はいくぶん有利になっているのだ。カジノの教本によれば、そうした割合はわずか一・二パーセント程度だが、間違いなく「庄」が有利になっているという。「庄」が勝ったときにだけ取られる五パーセントのコミッションは、その有利さを相《そう》殺《さい》するためのものだとされている。

勝負が有限であり、一方の目の勝つ確率がほんの少しだけ高くなっている。そこにロウ・オブ・ラージナンバーズ、大数の法則が揺らぐ可能性がありそうな気がする。もし必勝法を手に入れられれば、砕け散った世界をもういちど元に戻すことができるかもしれない、と劉さんは言っていた。バカラの必勝法と世界が等価だとは思えない。しかし、バカラの必勝法を手に入れることができれば、無限に近い金が手に入れられるようになる。金で手に入るのはたかだか高価な品物でしかないが、無限というものに近づいていくことが世界を手に入れるということにつながっていくように思われなくもない。

バカラにおいては、おおむね客はツラ目が長く続くときにしか勝てない。ツラ目を波と見立てれば、長いツラ目、すなわち大きい波のときしか勝てないことになる。逆に言えば、その台に大きな波が立つとわかっていたら、客は勝つことができる。しかし、バカラの波は、立ち上がってみなければ、そして崩れてみなければ、それがどれほどの大きさの波かわからないということがある。

その台に大きな波が立つかどうか。

かりにその台を海とすれば、バカラにとって大事なのは海そのものということになる。サーフィンと同じように、その海が大きな波の来ない海だったら、どんな名手でも鮮やかなライディングを決めることはできない。

幸いなことに、リスボアのカジノには一楼と二楼にバカラの台がいくつもある。サーフィンでは、基本的には、眼の前に広がるひとつの海の前でいい波が立つときを待たなくてはならないが、リスボアのカジノでは、いくつもの海からここぞと思う海を選ぶことができる。

どうしたらその台、その海に大きな波が立つかどうかがわかるのか。そのようなことを予知するのは絶対に不可能なのか。

〈重要なのはビッグウェーブが押し寄せる海を見つけることのはずだ……〉

しかし、あまりにも海と波との関係に囚《とら》われているうちに、いつしかすべてが混沌《こんとん》としてきはじめた。

ときおり喫煙可能な二階に上がっていくと、劉さんが煙草《たばこ》をくわえながらバカラをやっているところに遭遇することがあった。海に落ち、冷たい水に浸《つ》かっていたことで病気が悪化するのではないかと心配していたが、劉さんも僕に遅れること二日ほどでリスボアでのバカラを再開していた。

しかし、その劉さんの隣には必ず李蘭が介助役のように付き添っていた。李蘭は、ディーラーたちから、何も賭けずに椅子《いす》だけ占領していると非難されないようにするため、劉さんが賭けるのと同じ目に最低単位の金額だけ賭けていた。

それもあってのことだったろうが、もう以前のようにカジノに慣れない客からチップを巻き上げるというような危険なことをしているところは見かけなくなった。

そして、劉さんが以前と違っていた点はもうひとつあった。かつての劉さんは、台に坐っていると、常にその場をリードするような大胆な賭け方をしていた。劉さんが勝つことで場の空気を盛り上げ、客たちを熱狂の渦に導いていた。

しかし、いまはもう、そのような賭け方をせず、ある一定の額のチップをコンスタントに張りつづけている。その姿は、まるで研究室で実験を重ねている老技師のようだった。

だが、以前とまったく変わらないところもあった。

勝っても途中でやめないところだ。カジノにおける賭け事は途中でやめることでしか勝ちを確定できない。しかし、劉さんは、眼の前にいくらチップの山ができても、途中でやめようとしなかった。ここで席を立てば勝ちが確定できるのに、どうして立たない。

〈立て！　立ってくれ！〉

心の中で、何度叫んだことだろう。まるでノックダウンされたボクサーのセコンドのようではないか。そう自分で自分を嗤ってみたりもしたが、僕の心の叫びが劉さんに通じることはなかった。

あるとき、山のようにあったチップのすべてを失い、李蘭に腕を支えられて席を立った劉さんが、じっと見つめていた僕の視線を捉《とら》えたことがあった。しかし、劉さんは僕に向かって微笑《ほほえ》むでもなく、最初にセミテリオ・デ・サンミゲル、西洋墳場で会ったときと同じように、単なる物を見るような無表情のまま去っていってしまった。

2

その劉さんが不意にカジノに姿を現さなくなった。三日経《た》っても、四日が過ぎてもやって来ない。劉さんの具合が悪くなったのかもしれないと不安になった。もしかしたら、少しよくなっては、また悪化するということを繰り返しているのかもしれない。カジノから姿を消して五日になったとき、僕は劉さんを見舞うため部屋を訪ねることにした。しかし、ノックをしても部屋の扉を開けてくれないかもしれないとも思った。出歩けないほどの状態になっているのなら、そんな自分の姿を僕に見せるのはいやかもしれないからだ。

新馬路を左に曲がって火船頭街の一本手前の細い道に入り、しばらく行くと古いアパートが並んでいる一角がある。これまで、二度しか行ったことはなかったが、劉さんが住んでいる建物はすぐにわかった。いまにも崩れ落ちそうなアパート群の中でも飛び切りの古さだったからだ。

エレベーターはないので、劉さんの部屋のある四階まで歩いていかなくてはならない。具合が悪かったら、本当にこの階段を昇り降りするのはつらいことだろうと思えた。

部屋の扉をノックすると、短い間があってから中国語で女性の声が聞こえてきた。

「＊＊＊＊」

何と言っているのか意味はわからないが、声が李蘭のものだということはわかった。

「見舞いに来たんだ」

僕が声を張り上げるようにして日本語で言うと、すぐに扉が開いた。

部屋の中では、劉さんがベッドに横たわっていた。そしてその劉さんの体は、カジノで最後に見てからまだ五日しか経っていないはずなのに、さらに痩《や》せ細ってしまったような気がした。

「具合はどうですか」

僕はことさらのんびりした口調で訊《たず》ねた。しかし、劉さんはそれに答えようとせず、逆に訊ねてきた。

「ところでナミはどうした」

「ナミ？」

「ナミは見えるようになったか」

ああ、波のことか。

「いえ、見えません」

「そうか、まだ事前に見えるようにならないか……」

その言い方には、劉さんもまた、僕の口にした波という概念に強い関心を抱いていることが示されていた。

「問題は……波より、海かもしれません」

僕が言うと、劉さんが初めて耳にするような素直な口調で訊ねてきた。

「どういうことだ」

「サーフィンで、いい波に乗れるかどうかは、その海の状況しだいです。低気圧がやってくるのか、高気圧に覆《おお》われたままなのか。サーファーは海に低気圧が現れるのを待ちます。でも、海には天気図がありますが、バカラの海には天気図がありません。出目表《でめひょう》は未来ではなく過去を映すだけです。そこに大きな波が立つかどうかは、あとになってみなくてはわかりません。最も大事なことは、その海が波の立つ海かどうかを判断することのような気がします。つまり、海を選択することがすべてに優先されるような気がするんです」

「その選択の基準は何だ」

「大きな波が立つかどうか」

「それがわかれば誰も苦労はしない」

「でも……わかるような気がするんです」

そこで劉さんは黙り込み、眼を天井に向け、自分の考えの中に入っていってしまった。

李蘭はその部屋にひとつしかない椅子に坐って黙っている。僕はその部屋で身の置き場がなく、来たばかりだというのに別れの挨拶《あいさつ》をしなければならなかった。

「それじゃあ、これで失礼します」

しかし、それを聞いても、二人は僕を引き留めようとしなかった。

部屋を出ると、あとから李蘭が見送ってくれるかのように出てきた。

「劉さん、ずいぶん痩せたね」

肩を並べて階段を降りながら僕は言った。李蘭はしばらく黙って階段を一段、一段降りていたが、一階の出口が見えるところまで来ると、ぽつんと言葉を放り出すように言った。

「肺ガンなの」

僕は李蘭の顔を見て言った。

「医者がそう言ったの？」

李蘭は首を振った。

「言われる前に、わたしにはわかってた」

「あれから、ずっと劉さんの世話をしているの？」

「劉さんはよけいなことをするなと言うけど」

すべて李蘭が望んでのことらしい。

「なるべく長く一緒にいたいから」

そのとき、僕の胸に針のような鋭いものが突き刺さったような気がした。

「じゃあ」

それだけ言うと、僕は一階まで送ってくれた李蘭の顔も見ず、新馬路に向かって足早に歩き去った。

3

その翌日の夕方、カジノからホテルの部屋に戻っていると、ドアが静かにノックされた。チャイムではなく、軽いノックによって来たことを知らせるのは李蘭しかいないはずだった。昨日の今日で、何の用だろうと不思議だった。

ドアを開けると、李蘭は以前のように自然な足取りで部屋に入り、いつも坐っていたソファーに腰を下ろした。

「昨日、言おうかどうしようか迷っていたんだけど……」

ためらいがちに李蘭が言った。

「遠慮することはないよ」

その言葉でふんぎりがついたのかもしれない。李蘭は僕の眼を真っすぐ見るようにして言った。

「お金を貸してほしいの」

思ってもいないことだった。劉さんが客のチップをかすめ取るというような危険なことをしなくなっていたのは、バカラの軍資金として僕がビニール袋に入れて返したチップを使っているからだろうと思っていた。しかし、考えてみれば、あんな額ではとうてい間に合わないほど負けていた。たぶん、李蘭が自分の蓄えをまわしていたのだろう。だが、その蓄えも底をついてしまった。もし、李蘭がリスボアでの仕事に復帰すれば、簡単に金は稼げるはずだ。しかし、僕のところに金を借りにきたということは、仕事を再開する意志がないということなのだろう。

僕が思いを巡らせていると、李蘭が僕の頭の中を見透かしたかのように言った。

「また仕事に戻ればいいんだろうけど……」

たぶん、そのあとには、劉さんがいやがるから、と続くのだろうなと思った。すると、前日にも覚えた鋭い痛みが胸を走ったが、僕はただ静かにうなずいただけだった。

そして、できるだけ平静に訊ねた。

「いくら必要なの」

「そう……香港ドルで一万ドルくらい」

日本円で十五万になるが、それくらいなら簡単なことだった。僕はクローゼットの奥に据えられているセーフティー・ボックスを開けると、その中から一万ドルのチップを取り出し、李蘭に渡した。

「まだ現金に替えてないけど、カジノのキャッシャーで取り替えてくれると思うから」

「ありがとう」

李蘭はいっさいよけいなことを言うことなく、ソファーから立ち上がると部屋から出ていきかけたが、途中で立ち止まって振り返った。

「それと、このことは劉さんには言わないでおいてほしいの」

「わかった」

僕は李蘭を見送ると、窓際《まどぎわ》に立ってタイパ大橋を眺めた。

李蘭が仕事に戻らないかぎり、あの二人に金の入ってくる可能性はない。リスボアの廊下を回遊し、客に声を掛けられるのを待つなどという仕事に戻ってほしくないのは、僕も劉さんと同じだった。以前はさほどでもなかったのに、タイパ島に一緒に行って以来、ますます強くそう思うようになっている。それは、李蘭に対して、肉親の情のようなものが僕に生まれているせいかもしれなかった。そして、それは李蘭だけでなく、劉さんに対する感情でもあった……。

あの一万ドルで二人はどのくらい暮らせるのだろう。李蘭の言う「裏の医師」に診てもらっているとすれば、あっという間に消えてしまうだろう。

一週間後にまた李蘭が部屋にやって来た。僕は黙って一万ドルのチップを渡した。李蘭は、ありがとう、とだけ言って部屋を出ていった。ドアが閉まる重い音を聞いたとき、僕は二人の生活が自分の肩にのしかかってきたのを感じた。その感覚は決して不快なものではなかったが、ずしりとした、したたかな重さのあるものなのは確かなようだった。

〈一週間に一万ドルか……〉

僕はこれまで一日千ドル勝てば所持金を減らすことなく暮らしていけた。しかし、二人のために週一万ドル用意しなくてはならないとすると、一日さらにどれだけ稼げばよいのだろう。頭の中でざっと計算すると、千五百ドルほどになる。

〈なるほど五百ドルチップ三枚分か〉

それがわかって、いくらか気が楽になった。要するに、勝ち越すチップの枚数をこれまでの二枚から五枚にすればいいだけのことだ。それはひどく簡単なことのように思えた。

僕はその日から必勝法を追い求めることをいったん棚上げして、ひたすら五百ドルチップを五枚分勝ち越すことだけを考えてバカラの台に坐るようになった。

ところが、五百ドルのチップを二枚勝ち越すということと、五枚勝ち越すということとはまったく質の違うことだった。千ドルが二千五百ドルになったという以上に、戦い方が根本的に変わらざるをえなかったのだ。

五百ドルのチップを二枚勝ち越すことはどのような台であってもさほど難しいことではなかった。冷静にモドリ目のときの負けを少なくしておき、ツラ目の波が来たときにその負けを取り戻し、二枚分勝ち越す。そして、そこで台を離れれば勝ちが確定する。

ところが、五枚ということになると、そのツラ目の波がかなり大きなものでなくてはならなくなる。中途半端《はんぱ》な波だと、楽に二、三枚分勝ち越しても、さらに数枚分勝ち越さなくてはならないためその台にしがみつき、せっかく増やしたチップをズルズルと減らしてしまうことになりかねない。

あるいは、三人分の生活が僕の肩にかかってきたということが心理的に影響したのだろうか。しだいに勝てなくなり、セーフティー・ボックスに入れてあるチップが減りはじめた。

そして、あるとき、ふたたびトラベラーズ・チェックを香港ドルに両替しなければならなくなって、焦《あせ》りが生まれた。

チップの単位を上げようと思った。五百から千ドルにしよう。そうすれば、五枚ではなく二枚か三枚勝ち越せばいいことになる。

しかし、単位が五百ドルと千ドルとではすべてが違っていた。局面によっては頻繁に僕がカードを開けることになってしまい、注目を浴び、冷静な判断ができなくなる。それがさらに状況を悪化させてしまった。

手持ちのトラベラーズ・チェックが五十万円を切ったとき、安いホテルに移ることにした。リスボアに払う一日七、八百ドルの部屋代が重荷に感じられるようになってきたのだ。

セナド広場の近くにある安宿街で探すと、古い六階建てのビルの一階と二階に入っているホテルに、一泊二百ドル、約三千円という部屋があった。僕は、そこに移ることにして、リスボアに戻った。

荷物をまとめて降りていくと、ちょうどレセプションに村田明美がいた。チェックアウトをしてくれないかと頼むと、村田明美は嬉《うれ》しそうに言った。

「日本に帰られるんですか」

「いや……」

「どこか旅行をなさるんですか」

「いや、安いホテルに移ろうと思って」

「そうですか……」

村田明美が少し残念そうに言った。僕は博打を嫌っている彼女をぬか喜びさせてしまったようで心が痛んだ。しかし、村田明美はすぐに明るい声で訊ねてきた。

「どこに?」

「セナド広場の向こうの小さなホテル。京華旅社とかいう名前だったと思うけど」

そして、僕は現金で宿泊料を払った。料金は三日分で二千三百ドルほどだった。

それまでも、現金で一週間ごとに宿泊代の支払いをしていた。クレジットカードでの支払いを避けるためだった。収入がないので日本にある僕の銀行口座は増えない。クレジットカードは一種の身分証明書として必要だったので、引き落とし額が口座に残っている預金額を超過することは避けなくてはならなかった。そこで、リスボアの支払いは週単位で現金ですることにしていたのだ。

村田明美に別れの挨拶をし、小さなスポーツバッグひとつを手に京華旅社まで歩いていった。

渡された金属製の鍵《かぎ》には部屋の番号が記された大きなプラスチックの板がついている。その鍵で開けて入った僕の部屋は、窓に裏の建物が迫っているため昼間だというのに薄暗かった。広さもリスボアの半分もなかったが、部屋代が四分の一なのだから文句は言えなかった。

これで僕が一日に必要な額は五百ドル以下になった。劉さんと李蘭の分の千五百ドルを含めても、千ドルチップが二枚あればいいことになる。

以前と同じく、二枚分勝ち越せばいいのなら何とかなるのではないか。そう考えることにしたが、やはり五百ドルと千ドルでは違っていた。金の減り方に歯止めはかからず、トラベラーズ・チェックがさらに薄くなっていった。

ホテルを移って三週間が経ったある日の午後、私服姿の村田明美が訪ねてきた。

僕の部屋はとても狭かったので、新馬路に面した「マクドナルド」へ行くことにした。コーヒーを買い、窓際の席で向かい合った。

「仕事は？　ずる休み？」

僕が冗談めかして訊ねると、村田明美はほんの少し口元を綻《ほころ》ばせてから言った。

「先週で、やめたんです」

驚いた僕は、間の抜けたことを訊《き》いてしまった。

「リスボアを？」

「ええ」

「どうして？」

「日本に帰ることにしたんです」

そのような可能性のあることは以前食事をしたときも言っていた。しかし、それはまだ遠い先のことだと思っていた。

村田明美によれば、日本のホテルにいる元の上司から、中国語を話せる日本人スタッフが必要になったのだが戻ってこないか、という誘いがあったのだという。

「しばらく日本に帰っていないので、それもいいかなと思ったんです」

「いつ帰るの」

「明日の午前の便で」

その答えに、僕はまた声を上げてしまった。

「そんな急に？」

「ええ、借りている部屋の整理もつきましたし」

「そうか……」

僕が思わずがっかりしたような声を出してしまうと、村田明美が意を決したような口調で言った。

「ひとつ、伊津さんにお願いしたいことがあって来たんです」

「何だろう」

「伊津さんも早く日本に戻ってください」

それは、本当に久しぶりに、他人から自分に向かって投げかけられた強い思いの籠《こも》った言葉だった。

「戻って、写真を撮ってほしいんです」

「…………」

僕は黙ったまま窓の外を見た。いつの間にか小雨が降り出したらしく、ポルトガル風のタイルを敷き詰めた歩道が濡れはじめている。その滑りやすそうになった路面を見つめながら、不意に自分の体にぽっかりと穴があいたような空虚さを覚えていた。そうか、彼女はここからいなくなってしまうのだな、と思いながら。

4

僕はバカラの台に坐ると、わずかな勝ちに徹するようになった。具体的には、賭ける単位を千ドルから五百ドルに戻し、シリーズの前半に中くらいのツラ目の波があった台を探すようになった。

そこに坐り、もういちど波が起こるのを待つ。そのまま波が来ないこともあるが、三つに二つくらいの割合で、一度でもほどほどの波が来た台には、どこかでもう一度そこそこの波が起こる。その波にうまく乗り、勝ち切ると、トータルではわずかに浮くことになる。

それ以外のときは、ただ出た目を追っていく。「庄」が出れば次も「庄」に賭ける。「閒」が出れば「閒」に賭ける。そして、続けて三回連続してはずれたときは「見《けん》」をする。

そのようにしてやり過ごしていくと、ひとつシリーズが終わる頃には二、三単位くらい勝ち越している。それを何度か繰り返すのだ。まるで屍肉《しにく》をあさるハイエナのようだと自嘲《じちょう》したくなるのを抑えて、「わずかな勝ち」を追いつづけた。

その日も、波の立っている台に坐り、次の大波が立つのをじっと待っていた。ようやく「閒」のツラ目が始まったが、思うほど長く続かなかった。それでもなんとかうまく勝ち切ることができた。しかし、そのシリーズが終わり、三単位くらい勝ち越しただろうと思いながら、眼の前に置いてあるチップを数えてみると、むしろ一単位減っていた。

〈どうしてだろう……〉

ディーラーが黒いシューの箱にカードを入れ替えている時間、僕は出目表に眼を落とし、このシリーズの流れと、自分の賭け方の整合性を検討した。どれほど場数を踏んでも、どうしてここでこんな賭け方をしてしまったのだろうという後悔を味わわずに済むことはない。このシリーズも二度目の大きなツラ目が途切れた瞬間に止《や》めていれば、勝ち越していた。それなのに、さらに賭けつづけ、気がつくと大きなツラ目の波で勝った分を失っていた。

勝負の始まっている別の台をさがすため、立ち上がろうとして眼を上げると、ディーラーをはさんで対称の位置になるところに劉さんが坐っているではないか。隣には李蘭もいる。

劉さんが煙草の吸えない一楼で勝負をすることはなかった。かつて、慣れない客からチップをかすめ取るためだけに二楼から降りてくることはあったが、勝負をするために一楼に降りてくることは滅多になかった。

その劉さんが李蘭と並んで坐っている。どうしたのだろうと不思議だった。

二人はこちらを見たりしなかったが、僕がいることを知らないでこの台を選んだとも思えない。僕は移動するのを止《や》め、しばらくその台で劉さんの戦い方を見学させてもらうことにした。

新たなシリーズが開始されると、劉さんが李蘭に小さな声でささやくのが見えた。李蘭は小さくうなずき、膝《ひざ》の上に置いてあるハンドバッグからビニール袋を取り出した。そして、その中に入っているチップを台の上に出した。それは僕が劉さんに返したチップのようだった。どうしてそれをこの場で使おうとしているのかはわからなかったが、四万ドル以上あるようだった。とすると、それにはほとんど手をつけなかったのだ。何かのためにとっておいたということになる。そして、その何かというのが、いまのこの場ということになるらしい……。

やがて、最初の勝負にそれぞれの客が思い思いのところにチップを賭けはじめた。劉さんが「庄」に千ドル賭けると、李蘭も最低単位のチップである三百ドルを同じ目に張った。

僕は最初の二回の勝負こそ「見」をしたが、三回目からは戦いに加わることにした。

それが深夜にまで及ぶ長い戦いのはじまりだった。

劉さんはトイレに立つことはあっても、その台から離れようとしない。そして、ときおりサービスされるペットボトルの水以外、何も口にしない。

僕も同じく、その台を移動することなく戦いつづけた。

劉さんはさまざまに戦い方を変え、勝ったり負けたりしながら賭けている。もしかしたら何かを僕に伝えようとしているのではないか。そう気がついたのは深夜に近い時間帯になってからだった。

何を伝えようとしているのか。すべての方法が無効だということを？　必勝法が存在しないことを？　いや、違う。たぶん、こういう方法では必勝法に辿《たど》り着けないということを目の前で見せてくれているのだ。

しかし、それでは、必勝法に辿り着くルートなどどこにあるのだろうか。

午前零時を過ぎて始まったシリーズで、劉さんがようやく勝ちはじめた。

庄庄庄
閒閒
庄
閒
庄
閒閒閒閒閒閒閒

劉さんは自信を持ってこの「閒」のツラ目にも乗ってきた。それは賭ける金額が千ドルから五千ドルに増えてきたのでもわかる。僕は依然として五百ドルだったが、三つ目の「閒」から乗ることができた。

しかし、八回目にも「閒」が出た次の勝負で、僕はツラ目を追うのを止めた。そこまでで、この日の負けを挽回《ばんかい》し、さらに五百ドルチップ四つ分の勝ち越しになったからだ。

劉さんは最後まで僕が賭けそうにないのを知ると、一瞬だけどうしてだというように訝《いぶか》しそうな視線を向けてきた。僕は出目表を眺めることでその視線を受け流した。

カードがオープンされると、「閒」の七に対して「庄」は九のナチュラルで「庄」の勝ちとなった。劉さんが賭けていた五千ドルのチップをはじめ、客のほとんどが賭けていた「閒」のチップがディーラーの手元にあるチップボックスの中に消えてしまった。

劉さんにとって、それは単なるひとつの負けに過ぎなかったはずなのに、なぜかそこから雪崩《なだ》れるように負けはじめた。もしかしたら、それは自分が「負けた」からではなく、僕がツラ目を「追わなかった」からなのかもしれないということには、あとになって気がついた。劉さんの体から覇気が失《う》せ、ただ惰性でチップを張るようになった。そして、そのシリーズが終わる頃にはすべて失っていた。

劉さんが席を立った。僕も席を立ち、劉さんに近づいて、李蘭の反対側から腕を取って、支えるようにして歩いた。劉さんは僕が腕を取るのをいやがらなかった。

三人とも無言のままだった。

カジノの二楼からホテル側の東翼大堂に出た。僕はそこから劉さんをタクシーに乗せるつもりだった。

しかし、車寄せに出る扉の手前で立ち止まると不意に劉さんが口を開いた。

「どうしてあのツラ目を追い切らなかった」

「負けないためです」

「負けないため？」

「そこでもう充分稼ぎを得ていたからです」

「稼ぎ？」

「今日一日分の」

僕が言うと、劉さんはまた歩きはじめながら吐き出すような口調で言った。

「つまらない奴《やつ》になってしまったな」

何を言い出すのか見当がつかず、一瞬、身を固くした。

「以前のおまえは面白かった。致命的な欠陥があったが、どこかに到達できるかもしれないという可能性を秘めていた」

「……」

「いまのおまえは何だ。ただ、しのごうとしている。しのぐことと、勝つこととは違う。しのぐために博打をするのなら、カジノを出てカタギの仕事をしていたほうがいい」

あるいは、その金で劉さんもしのいでいるのですよ、と言い返すこともできたろう。しかし、僕は黙ったまま劉さんの言葉を受け止めていた。

「バカラを止めろ」

劉さんはそう言うと、もう僕には関心がないらしく、李蘭に支えられながらタクシーに乗り込んだ。

5

劉さんの言葉は僕のバカラの戦い方の手を縛ることになった。少なくとも、劉さんの言う「しのぎ」に徹するのを妨げることになった。その結果、僕の賭け方は一貫性を失い、迷走しはじめた。勝ったり負けたりしているうちに、さらにトラベラーズ・チェックの束は薄くなっていった。

多くの場合、波は二度現れる。とすれば、大きな波が一度立った海をさがし、次の波を待てばいいことになる。だが、もちろん、一度しか現れないままのときもある。二度目の大波が現れる海には、その前にサインらしきものが出るのか、出ないのか。

その日も、それを見極めようと出目を読みつづけているうちに、ふと、頭の中が真っ白になり、すべてがどうでもいいように思えてくる瞬間があった。

どこかで、危険だ、席を立つべきだ、と感じていた。しかし、僕は席を立つのさえ面倒に思え、ぼんやりと、周囲の客が「庄」に賭《か》けていくのを眺めていた。

そして、賭けの締め切りを前にして、ディーラーのひとりが最後の賭けを促すように卓上のベルをチリン、チリンとゆっくり鳴らしはじめたとき、僕はほとんど無意識に一万ドルのチップを「閒」に賭けていた。

ベルがチリンと強く鳴らされ、賭けが締め切られた瞬間、自分が禁断の行為をしていることに気がついた。僕は「一発勝負」をしていたのだ。

一発勝負をしてはならない。なぜなら、一発勝負は常に敗れることになっているからだ、と劉さんは言った。

だが、僕は目を読む迷路にはまり込んだあげく、一発勝負に走ってしまった。とっさに取り下げようと手を伸ばしかけたが、ディーラーに険しい表情で睨《にら》みつけられてしまった。

カードが配られ、僕の前に「閒」のカードが置かれた。一瞬、意味がわからず、狼《ろう》狽《ばい》しかけたが、すぐに僕が「閒」に賭けている唯一《ゆいいつ》の客だということに気がついた。いや、仮に僕以外に「閒」に賭けている客がいたとしても、僕がカードを開けることになっただろう。その場に、一万ドルもの大金を賭けている客は他にひとりもいなかったからだ。

僕は一枚目のカードを無造作に開けた。

四だった。

二枚目のカードの上端を両手でつまんで、ゆっくりと開けていった。が、すぐに、さっと開け切ってしまった。上の方に、ジャックとクイーンとキングの絵札に特有の枠が見えてきたからだ。

これで僕が一万ドルを賭けた「閒」の数は四ということになった。

次は「庄」に二千ドルを賭けた中年男性がカードを開けた。一枚ずつ粘っこく開けたカードが、一と四の五。

どちらにもナチュラルが出なかったため、まず「閒」に三枚目が配られることになった。

僕は力を込めて一気にめくり、台に叩《たた》きつけた。

カードは四で、先の二枚との合計が八になった。

次に「庄」にも三枚目が配られる。「庄」が「閒」の八に勝つためには、四でなくてはならない。

中年男性は粘っこくカードを一ミリずつ開けていく。そして、一列目のマークの数がわかったところで、大声で叫んだ。

「リャンピン！」

上の一列目に二つのマークが現れたということは、そのカードが四以上だということを意味している。だが、四以外では勝てない。

中年男性はカードを横にすると、また一ミリずつめくり上げはじめた。

「リャンピン！」

横も一列目のマークが二らしい。

ということは、そのカードは四か五ということになる。「庄」に賭けた客たちからいっせいに声が掛かる。

「チョイヤー！」

「チョイヤー！」

消えろ、消えろ、と。真ん中の列にマークがひとつあれば、五だし、なければ四である。五なら、先の二枚との合計が十、つまり〇ということになり、四なら合計が九となる。「庄」に賭けた客にとっては、そのカードにたったひとつのマークがあるかどうかで運命が変わってしまうのだ。消えろ、消えろ、と必死に叫びたくもなるだろう。

一方、僕の気持は奇妙なほど平静だった。どこか夢の中の行為のように現実味を欠いていたからかもしれない。

三枚目のカードを中程までめくり上げた中年男性が、次の瞬間、悲鳴のような声を上げてカードを叩きつけた。

そして、それを見た客たちも、一瞬、間を置いてから、失望の溜《た》め息《いき》を洩《も》らした。

そのカードは五だったのだ。

閒八・庄〇で、「閒」の勝ち。

ディーラーによって「庄」に賭けられたチップがすべて手元に引き寄せられ、「閒」

のエリアにポツンと残った僕の一万ドルのチップの横にもう一枚の一万ドルチップが添えられた。

僕はその二万ドルのチップを鷲掴《わしづか》みにすると、その勢いで椅子《いす》から立ち上がった。そして、その場を立ち去ると、ホテル側の通路に出て、そのまま東翼大堂から外に出た。そして、胸のうちでつぶやいた。勝った、一発勝負に勝った、と。

しかし、それは早合点にすぎなかった。

次の日、五百ドルを単位に賭け、勝ったり負けたりしているうちに、また一万ドルの勝負をしてみたいという誘惑に駆られてきた。

一発勝負に勝った。そこで止めておけば勝ったままになる。しかし、その勝負を繰り返せば、結局、五割の確率に戻り、一勝したあとの一発勝負は無限に負けに近くなる。頭ではわかっていても、前日の、一瞬にして、李蘭に渡すべき一万ドルを手にしたときの快感を忘れ去ることはできなかった。

今度は、慎重に、絶対と思われるタイミングを測りつづけた。

そして一万ドルを賭けた。

賭けたのは「庄」だった。

やはり僕がカードを開けることとなり、最初の二枚でナチュラルの八となった。「間」は五だったから、簡単に勝ってしまった。五百ドルのコミッションを取られて、九千五百ドルのチップが一万ドルのチップの横につけられる。

これで絶対に止めよう、と思った。幸運にも「一発勝負」に二度挑戦して二度とも勝った。これ以上やったら、あとは敗北しかないだろう。

僕は、また五百ドルを単位の賭け方に戻り、勝ったり負けたりの果てしない勝負を繰り返しはじめた。

その日はそれで終わった。

だが、翌日になり、バカラの台に坐って五百ドルの勝負を続けていると、その単調な繰り返しに耐えられなくなり、またあの一万ドルの勝負をしたいという欲求を抑えることができなくなってきた。

僕は、とうとう三度目の「一発勝負」をするために、一万ドルのチップを手にしてしまった。そして、賭けた。

結果は負けだった。

そこで止めればよかったのだが、負けたということに自分でも意外なほどの悔しさを覚え、続けてまた一万ドルの勝負を挑んでしまった。

負けた。

続けて二度負けて、冷静さを失いそうになったが、いや、これで原点に戻っただけだ、と自分をなだめようとした。一万ドルの勝負に二度勝って二度負けた。これでプラスとマイナスが折り合ったのだ、と。

そこで場を立とうとした。だが、立てなかった。そして、もう一度、一万ドルの勝負をした。

だが、それも負けた。

まだ実質一万ドルしか負けていない。あと、一度だけやってみよう。絶好のタイミングが来るまでじっと待った。そして、ここぞというところで一万ドルを賭けた。

しかし、結果は同じだった。負けたのだ。

僕はそこでようやく席を立った。立たざるをえなかった。僕のポケットにはもう数十ドル分のチップしか残っていなかったからだ。

一瞬にして四万ドルを失ってしまったことになる。差し引きすると二万ドルだ。

これが決定的に状況を悪化させることになった。翌日からはふたたび五百ドルを単位として賭けはじめたが、じりじりとチップを減らしつづけた。

理由はわからないがどうしても勝てなくなってしまったのだ。

ついに、残りのトラベラーズ・チェックをすべて香港ドルに換金しても、一万ドルに達しないことがわかった。眼の前の道は、もうデッドエンド、行き止まりだった。
どうするか。これを元手にもう一勝負挑むべきか。それとも……と、そのとき、日本に金を取りにいこうという考えが浮かんだ。日本に行き、誰かに金を借りて来よう。バリ島で買った航空券は、六カ月オープンのチケットだったが、失効期限が迫っていた。この航空券を使って東京にいったん戻ろう。マカオから香港までの水中翼船の料金と、香港の港澳碼頭《ゴンオウマータウ》から啓徳《カイタック》空港までのバス代を別にして、残りをすべて李蘭に渡す。僕が日本から帰ってくるまで、なんとかそれで暮らしてもらうことにしよう……。

6

李蘭の部屋をノックしたが返事がない。僕はそこから劉さんのアパートに廻った。階段を上り、四階の劉さんの部屋の扉をノックすると、すぐに開いた。僕は驚いた。驚いたのはそこに李蘭が立っていたからではなく、誰とも訊き返さず扉が開いたからだった。

すると、その疑問を見透かしたように李蘭が言った。

「扉のノックの仕方でわかったの」

中に入ると、劉さんはだいぶ具合がいいらしくベッドに腰掛けていた。顔色は最後にカジノで会ったときよりも格段によくなっている。これなら僕が日本から戻ってくるまで元気でいてくれるに違いないと思えた。

李蘭はひとつしかない椅子を僕に勧めて、劉さんの隣に腰を下ろした。

だが、僕は立ったまま二人に言った。

「日本にいったん帰ります」

その言葉を聞くと、李蘭が顔を伏せた。

「おまえには、いろいろ迷惑をかけたな」

劉さんが言った。

「何のことです」

「金だ。悪かった」

「…………」

「李蘭に聞いた。聞かなくても、それ以外にないことはわかっていた。李蘭が働いてない以上、金の出所はおまえのところしか考えられない」

それなら、と僕は劉さんの眼の前で李蘭に最後の金を渡すことにした。

「これしかないんだけど」

そう言いながら手渡そうとすると、顔を上げた李蘭がつとめて明るい口調で言った。

「ちょうどよかった。これで薬を買ってくることができるわ」

そして、僕に向かって、待っていてね、と言い残すと、部屋を出ていった。

しばらくして劉さんが言った。

「肺ガンに効く漢方薬があるとは思えないが、李蘭の気が済むならと飲んでいる」

そして、またしばらくして、付け加えた。

「高価な薬らしいのでもったいないんだが……」

「医者に治療してもらった方がいいんじゃないんですか」

僕が言うと、いつもの劉さんの口調に戻って言った。

「何のために」

そう言われて言葉に詰まったが、無理に絞り出して言った。

「ほっとけば死んでしまいます」

「それがどうした」

「…………」

今度は本当に言葉が出てこなくなってしまった。それがどうしたという言葉に嘘《うそ》があるとは思えなかったからだ。劉さんは間違いなく死ぬことを恐れていない。バカラの必勝法を見つけるまで生きていたいと口にしたことはあったが、それは死を恐れてのことではなかった。劉さんの心の中には虚無というのとは違う暗い部屋があるのだろう。光が差し込まないほど深い深い心の奥底に。

僕が煙草《たばこ》の脂《やに》で黄色くなった窓ガラスに眼をやって考えていると、劉さんがふっとつぶやくように訊《たず》ねてきた。

「波は乗るものなのか？」

いきなりのことで、それがバカラの波のことかサーフィンの波のことかがわからなかった。

「バカラの波ですか、サーフィンの波ですか」

僕が訊き返すと、劉さんがまたつぶやくように言った。

「バカラの波も、サーフィンの波もだ」

そう言われて、僕も急に不安になってきた。

サーフィンの波は、まずうねりとして現れる。それが岸に近づくにつれて盛り上がっていき、海底の突起にぶつかることで、うねりのうしろの部分が前の部分を追い越す動きが出て、波として砕けていく。そのとき、波は動きのスピードを増す。サーファーはそのエネルギーを借りて、波の前の部分の表面を高いところから落下しながら滑るのだ。それを乗ると言ってもいいが、正確には滑り落ちると言うべきかもしれない。

僕が説明すると、劉さんは今度は本当にひとりごとのようにつぶやいた。

「滑り落ちる……」

そして、しばらくして、短く言った。

「逆だな」

「逆？」

僕はおうむ返しに訊ねた。

「確かに、ツラ目を反転させれば、ひとつひとつの勝負によって庄や閒の目が少しずつ積み重なり、せり上がっていく。それを波と言い換えてもいいだろう。しかし、サーフィンが波を一気に滑り落ちるものだとすれば、バカラは逆にその波をゆっくりと攀《よ》じ登るものだということになる。波というより、山のようにな」

「攀じ登る……」

僕は劉さんの言葉を口の中で繰り返した。

するとその言葉が、もしかしたら「必勝法」の厚い壁を突破するドリルのようなものになってくれるかもしれないと思えてきた。

しかし、劉さんにも、それ以上のことはわからないらしく、自分の思いの中に入ってしまった。

〈滑り落ち、攀じ登る……〉

僕がその二つの言葉を頭の中で転がしていると、扉が開いて手に紙袋を持って李蘭が戻ってきた。

僕は李蘭に席をゆずるつもりで椅子から立ち上がった。

「もう帰るの？」

李蘭のその言葉で自分が別れを告げに来ただけだったことを思い出した。

「うん、そろそろ」

そして、珍しく不安げな表情を浮かべている李蘭に向かって、慰めにもならない言葉を投げかけた。

「それじゃあ、なるべく早く戻ってくるから」

すると、劉さんから厳しい声が飛んできた。

「ここには戻ってくるな」

「………」

「戻ってきたら、もう二度と帰れなくなる」

僕が何と応じていいかわからず立ちつくしていると、李蘭が叫ぶように言った。

「戻ってきて！」

「きっと戻ってくる」

僕は李蘭にというより、自分に言い聞かせるように言った。

「俺のようになりたくなかったら、戻ってくるな」

劉さんが言った。

「なりたかったら？」

僕が言うと、劉さんが吐き捨てるように言った。

「馬鹿《ばか》な！」

いや、馬鹿なことではなかった。僕はもしかしたら、初めて自分がなりたい人物を見つけることができたのかもしれないからだ。

扉を開けると、僕の背中に向かって、李蘭が低く小さな声で言った。

「待ってるわ……」

第十一章　雪が降る

1

夜、成田に着いたとき、僕のジーンズのポケットには日本円で五千円しか残っていなかった。日本を出るときにパスポート入れに一枚だけ残しておいた五千円札だった。箱崎までのリムジンバスのチケットを買うと、それが二千七百円に減った。

空港ターミナルの外に出ると、十二月の冷たい風が吹きつけてきた。僕は、思わず薄手のパーカーのファスナーを、首元まで引き上げた。

午後八時半に空港を出たリムジンバスは、東京方面に向かって滑るように走りはじめた。

バスの窓から眺める沿道の景色は暗かった。それは微《かす》かに入っている窓ガラスのスモークのせいばかりではないように思えた。外からの音がほとんど聞こえてこない。ポツン、ポツンと立っている水銀灯の白い光がその暗さと静けさを際立《きわだ》たせているようだった。

席はほぼ埋まっていたが、乗客同士で言葉をかわす人はいない。みな無言のまま、窓の外を見たり、眠ったりしている。

僕は窓の外に眼をやったまま、さて、と思った。さて、東京に着いたらどうしよう、と。

問題は泊まるところだった。バリ島に向かう前に、それまで住んでいた賃貸マンションは引き払っていた。さすがにポケットに残っている二千七百円で都内のホテルに泊まることはできない。誰かのところに厄介になるしかない。誰に頼んだらいいだろう。飛行機の中でも、何人かの顔が浮かんでいたが、バスが浦安のディズニーランドを過ぎる頃には、やはり吉崎かなと思うようになっていた。部屋は狭いが、吉崎なら、よけいなことを何も言わず、黙って泊めてくれそうな気がする。

途中、バスは交通渋滞にも遭わず、一時間で箱崎の「シティエアターミナル」に着いた。バスを降りた僕は、地下鉄の乗り場へ続く階段の手前にある公衆電話で吉崎に電話した。

もし、吉崎が海外や地方に撮影に行っていたらアウトだった。しかし、四回ほどコールすると、受話器を取る音がして、吉崎の低く柔らかい声が聞こえてきた。

「もしもし」

助かった、と思った。

「伊津だけど」

僕が言うと、電話口で軽く息を呑《の》む気配がしたが、すぐに以前と変わらない親しみのこもった名前の呼び方で言った。

「航平《こうへい》さん？」

「そう」

「いきなり、驚かさないでくださいよ」

そして、吉崎が不思議そうに訊《たず》ねてきた。

「いま、どこですか」

「箱崎」

その答えが意外だったらしく、吉崎が驚きを含んだ声で言った。

「日本？　いつ帰ってきたんですか！」

「さっき」

そして、まだ驚いているような吉崎に対して、簡単にこちらの頼みを述べた。

「悪いんだけど、今晩泊めてくれないかな。金がないんだ」

すると、吉崎は、一拍置いてから、まさに、よけいなことをいっさい言わず、持ち前のゆったりした声で応じてくれた。

「どうぞ」

吉崎は巨匠のもとでアシスタントをしていたときの後輩だった。僕の二年あとに入ってきた。吉崎は鈍重というほどではないが、どこか慎重になりすぎるところがあり、何事にもワンテンポ遅れてしまう。それがせっかちな巨匠の逆鱗《げきりん》に触れることがよくあった。吉崎は常に巨匠の怒られ役だった。しかし、それはあえてその役を引き受けてくれていたという気もしないではない。僕には吉崎の奥深い賢さがわかっていたし、たぶん巨匠にもわかっていたと思う。僕はこういう男が着実に自分の世界を築いていくのだろうなと思っていた。

僕は巨匠のもとから独立すると、誰かの手助けが必要な仕事が入り、吉崎の体が空いているときはアルバイトを頼んだ。

やがて、吉崎も独立し、少しずつ自分の仕事を始めると、巨匠や僕と違い、人物のポートレートや女性のヌードではなく、建築を中心に風景を撮るようになっていた。

バリ島に向かう直前、僕は自分のカメラの機材を彼に委《ゆだ》ねた。中古のカメラを扱う店で売り払ってもよかったのだが、たいした金にならないことはわかっていた。それより、必要な人にプレゼントした方がよかった。独立したばかりの吉崎には、どんなものでもありがたかったろう。しかし、ただでやるといっても受け取りにくいだろうから、自由に使っていいということで預かってもらってあったのだ。

住んでいる場所はわかっていた。吉崎は、他のこととは違ってなぜか料理の手際だけはよく、簡単に酒のつまみを作ってくれる。それに惹《ひ》かれて何度か酒を飲みに行ったことがあった。

三軒茶屋の駅からごみごみした商店街を抜けて十分ほど歩くと四階建の古いマンションがある。吉崎はその四階の2DKの部屋にひとりで住んでいた。名ばかりのダイニングキッチンとは別に六畳と四畳半の部屋があったが、四畳半の部屋は暗室になっていたから、実質的には一間しかないも同然だった。エレベーターがついていないので部屋まで階段を歩いて上らなくてはならない。そのためかなり家賃が安いのだと言っていた。

ドアを開けて迎え入れてくれた吉崎は、僕を狭いダイニングキッチンに無理やり置いたようなテーブルの前に坐《すわ》らせると、冷蔵庫から缶ビールを取り出して勧めてくれた。

「まずは帰国祝いということで」

僕は苦笑して言った。

「祝われるほどのことじゃないのが寂しいけど」

「おなか空《す》いてます？」

機内で貧弱な夕食を食べていたが、それで満腹になるのは老人くらいだったろう。

「少し」

僕が言うと、吉崎はシンクの横の小さなスペースで、手早く酒のつまみを作りはじめた。まず、タマネギを薄くスライスすると、しばらく水で晒《さら》したあとで水を切り、サンマのかば焼きの缶詰を開けて、その上にのせた。さらに、冷蔵庫からスーパーで買ってきたらしい白身魚の刺身のパックを取り出すと、つまを水洗いし、ルッコラをちぎり、それらと刺身を既製のドレッシングで混ぜ合わせ、瞬《また》く間にサラダ風のカルパッチョを作ってしまった。その間、十分もかからなかった。まったく、魔法を見せられているような思いで、それらをつまみ、ビールを飲んだ。

吉崎はのんびりとバリ島での生活について訊ねてきた。意外なことに、彼にはいつかじっくりと腰を据えてバリ島を撮りたいという願望があるのだという。

ストックされている缶ビールを飲みつくし、吉崎が近くのコンビニエンス・ストアーでワインを買ってくるからと腰を浮かしかけたとき、僕はそろそろ寝ようかと提案した。眠かったわけではないが、明日は朝から仕事があるという吉崎に遠慮したのだ。六畳の部屋には、すでにシングルベッドの横に一組の布団《ふとん》が敷いてあった。

「航平さんはベッドに寝てくれますか」

「いや、俺はこっちの布団でいいよ」

「お客さんにこんな布団で寝かせるわけにはいきませんよ。ベッドもたいしたもんじゃないですけど」

ベッドは新しいシーツに取り替えてあった。僕は素直にベッドを使わせてもらうことにした。

部屋の電気を消すと、吉崎が横になってから訊《き》いてきた。

「どのくらいここにいます？　どのくらいでもいいですけど」

「金がまったくないんだ。二、三日は頼む」

「僕は何日でもかまいませんけど、それだったら明日、どこかでまともな寝具を調達してきます。これじゃあ、お互い寒いですからね」

「悪い」

暗い中で、またしばらくして吉崎が言った。

「……一年半ですか」

「うん」

「喜んでいたんですよ、航平さんが日本からいなくなって」

何を言い出そうとしているのかわからなかったが、その言葉の響きが面白くて僕も訊ねてみた。

「どうして」

「席がひとつ増えるから。冗談ですけど」

「もともと俺には席なんてなかったから」

「巨匠が言っていました。航平はもうこの世界には戻ってこないだろうって。でも、僕はそう思ってませんでした」

「戻ってくるって？」

「ええ、戻ってくるって」

「どうして？」

「どうしてでしょうね。でも、必ず戻ってくると思ってました」

僕は戻ってきたのだろうか？　いや、ただほんの束《つか》の間《ま》、立ち寄っただけにすぎない。金を作ったら、すぐにまた発《た》つ……。

暗い天井を見ながら、あの世界からこの世界に帰って、まだ半日も経《た》っていないということが不思議に思えてならなかった。日本に帰ってきてすでに長い時間が過ぎたような気がする。だが、帰ってきたのは体だけでしかない。心はまだあの世界に置いてきたままだ。あの世界、マカオの、バカラの台の上に……。

2

どうやって金を作るか、当てはまったくなかった。

マカオにいくら持って帰ればいいだろう。多ければ多いほどいいに決まっているが、劉さんや李蘭のことを考えると、最低でも百万円くらいは必要に思える。

翌朝、吉崎にいまは着ていないという古いハーフコートを借りて外に出た。さすがに薄手のパーカー一枚で東京の冬に立ち向かうのは無謀だと思ったからだ。

駅前の銀行に行って調べてみると、カードの決済用に残しておいた口座にはまだ三万円ほど入っていた。それが僕の全財産だった。短期間に金を作るためには借金をするしかない。しかし、誰が百万などという大金を貸してくれるだろう。それも、博打《ばくち》のための金なのだ。

山陰にいる祖父母は健在だが、年金暮らしをしている彼らに借金を申し込むことはできない。もちろん、後輩の吉崎に預けてある撮影機材を返してもらって売るという手はある。しかし、あれは、僕の気持の中では彼にあげてしまったものになっている。いまさら返してくれとは言えなかった。

考えてみれば、僕には金を借りられるような友人がいなかった。友人を持たないこと、それは自分が望んだ生き方だったから後悔などするつもりはないが、金を借りる相手がまったくいないということで、あらためて自分がいかにひとりぽっちの存在だったか思い知らされることになった。

しかし、その僕が、単に博打の資金というだけではなく、劉さんと李蘭のための金を作ろうとしている。もしかしたら、劉さんと李蘭によって、僕はこれまでの人生には存在していなかった種類の人間関係を持ってしまったのかもしれない。それは、言葉にすれば陳腐なものになるが、やはり友情というようなものだったろう。

巨匠なら貸してくれるかもしれないが、必ず理由を訊くに違いない。理由も訊かずに貸してくれるというタイプではなかった。嘘《うそ》を言ってまで借りるのはいやだった。半分は博打の軍資金であり、残りの半分はマカオで待つ博打仲間のための金だと聞いたら、まず断られるだろう。

さて……。

銀行を出て、ぼんやり歩いていると、ふと頭に浮かんだ顔があった。岡安という編集者だった。

岡安の会社は雑誌を出している出版社としてはとても小さかったので、成人向けのきわどい月刊誌の編集をする傍《かたわ》ら、そのグラビアページに掲載した写真をもとにヌードの単行本を出す仕事もしていた。巨匠にはいつも仕事を依頼しては断られていたが、めげることなく事務所にやって来ては無駄話をして帰っていく。その岡安は、僕が独立すると、どこを気に入ってくれたのか、頻繁に使ってくれるようになった。年齢は少し上だったが、いつの間にか、僕には珍しく敬語や丁寧語を使わずに話せる相手になっていた。もしかしたら、彼なら金を貸してくれるかもしれないという気がした。

昼前に会社に電話をすると、ちょうどいま出社したところだと言いながら、いつものように出版社の近くの喫茶店を指定し、そこで会おうと言ってくれた。

先に来て、コーヒーを飲みながらスポーツ新聞を読んでいた岡安は、僕が店に入っていくと、開口一番、冷やかすような口調で言った。

「どこに行ってたの」

バリ島へ行くことは仕事先の人にはいっさい話していなかった。

「うん……」

「ずいぶん焼けてるね」

バリ島からマカオに移って半年ほど過ぎていたが、皮膚にはまだあの強烈な陽光の滓《かす》が残っていたらしい。

「バリ島にいたから」

僕が言うと、岡安は面白がるように言った。

「巨匠から、いい婿養子《むこようし》の口があって地方に行ったって聞いたけど、違ったんだ」

巨匠はそんな言い方をしてくれていたらしい。もういちど波に乗るため仕事をやめたなどというよりはるかに気がきいている。

僕は巨匠が言っていたという与太《よた》を聞くと、不思議なほど気持が軽くなった。そこで、単刀直入に切り出すことができた。

「借金を申し込めるかな」

すると、岡安はにこやかさを絶やさず、あっさり断った。

「駄目だね」

僕が黙り込むと、さらに言った。

「俺はまだ君と仕事をしたいからね。金で関係を壊したくないんだよ」

その言葉からは、岡安の素直な思いのようなものがうかがえないこともなかった。

僕が黙っていると、岡安が言った。

「でも、仕事ならまわせるよ」

仕事、というのはまったく考えていないことだった。

「仕事か……」

僕がつぶやくと、岡安はいつもの調子のよさに戻って言った。

「金を作るのなら、仕事をするのが結局いちばん早いよ」

僕はその日はそれで引き下がったが、翌日また岡安のもとを訪れて、どんな仕事があるのか訊ねることにした。

岡安がくれるという仕事は、やはり、女の裸を撮る仕事だった。

モデルはかつてアダルトビデオに出演していた女優だという。一時引退していたが、中年になってカムバックし、いまはグラビア専門のモデルになっているという。彼女を温泉宿で撮り、年配の男性向けの写真集にするのだという。岡安はそれをひとことで要約してくれた。

「おやじたちが欲情するようなエロいやつを撮ってほしい」

やろう、と思った。博打の金を誰かに借りようなどという考えが甘すぎたのだ。

「いくらもらえる？」

僕がストレートに訊ねると、岡安が少し眼を泳がせ、頭の中で計算してから答えた。

「ギャラは印税じゃなくて、買い切りで十五万」

かなり安いが、とりあえずの仕事としては悪くない。ただ、この会社の支払いは遅いことで有名だった。何も言わなければ、雑誌の原稿料は三カ月後、単行本の印税は半年後になってしまう。そこで、僕は交換条件を出した。

「了解。でも、ギャラは、現像所から上がってきたポジを渡したら現金でもらいたいんだけど」

岡安は少し考えていたが、それくらいの金は個人の裁量の範囲内と判断したらしく、わかったと言ってから、こう付け加えた。

「材料費と現像代はそっちで持ってね」

僕は思わず笑ってしまった。まるで何かの本で読んだことのある、中近東のバザールの商人と値段の交渉をしているようだったからだ。しかし、不愉快ではなかった。大きな出版社の編集者だったら決して口にしないようなことを平気で言ってくる。実際、そうでもしなければやっていけないのだろう。そこで交渉を終わらせてもよかったのだが、バザールでの商談の常識に従って、いちおう値切ってみることにした。

「そうすると、撮る点数をうんと絞り込むことになるけど、いいんだよね」

岡安の表情に迷いが浮かんだ。たぶん、撮った写真は、写真集だけでなく、他にも使いまわそうと思っているのだろう。それには、点数は多ければ多いほどいい。

「仕方がない。現像代はこっちで持つから、材料費はそっち持ちということでどうかな」

僕はそこで手を打つことにした。

岡安と別れてから、赤坂にある巨匠の事務所に向かった。

巨匠の事務所には使っていない撮影機材が多くあった。少し古くなったものや、カメラのメーカーから贈られたものの結局使わなかったというような代物《しろもの》だ。

それを貸してくれなどと頼みにいったら、巨匠にどんなことを言われるかわかったものではなかった。しかし、一方で、久しぶりに巨匠の口から飛び出してくる皮肉を聞いてみたいような気もした。

電話をすると、受話器を取った清水さんが、珍しく巨匠がいるという。清水さんは、巨匠が独立した直後からずっとマネージメントと経理を担当している女性だった。

「夕方からスタジオの仕事が入っているから、来るなら早くいらっしゃい」

清水さんは、以前と変わらない、きびきびした口調で言った。

僕が久しぶりに大きなマンションの二階にある事務所に入っていくと、清水さんがこれもまた以前とまったく変わらないやさしい笑顔を向けてくれた。

「早かったわね」

そして、そのマンションの最上階に住んでいる巨匠に電話を掛けてくれた。

「伊津君が来ました」

事務所の中では、僕の知らない新人の助手が、壁の棚に並べられているレンズを選び、バッグに詰めていた。

巨匠は五分もしないうちに事務所に降りてきた。そして、僕の顔を見るや、いきなり言った。

「何しに来たの」

「撮影機材をお借りしたくて」

「写真をやめたんじゃなかったの」

そんなことを言った覚えはなかったが、巨匠の軽口に乗ることにした。

「そのつもりだったんですけど、やめられなくなりました」

「やっぱり好きだということがわかったわけ」

「いえ、金を稼がなくてはならなくて、それには写真を撮るしかないことがわかったんです」

「自分のカメラはどうしたの」

「バリ島に行く前に吉崎にみんなあげてしまいました」

「そんな奴《やつ》に貸すカメラはない、と断りたいところだけど、ここに借りに来るにはよほどのことがあるんだろう。好きなのを持っていけばいい」

僕はただ頭を下げて、巨匠がもう使わなくなったカメラとレンズを中心に、古い機材の一式を選び出した。そして、それらを、いまはもう使っていそうもないくたびれたカメラバッグに詰め、巨匠に見せた。

「これをお借りします」

しかし、巨匠はそれをろくに見ないで言った。

「フィルムもないんだろ？」

「ええ……」

「必要なだけ持っていっていいよ」

「ありがとうございます」

助かった。これで材料代が浮くことになった。僕は少し浮き浮きしながら戸棚の中に感度別にしまわれているフィルムを選びはじめた。

そこに、大手の出版社で男性週刊誌のグラビアを担当している田中という若い編集者が入ってきた。事務所で巨匠と打ち合わせをすることになっていたらしい。田中とは一緒に仕事をしたことはないが、助手時代に面識はあった。

挨拶《あいさつ》をすると、田中が言った。

「景気はいかがですか」

僕は戸惑《とまど》ったが、あたりさわりのない返事をした。

「ええ、まあ」

「でも、日本酒業界も大変ですよね。僕も最近はほとんどワインか焼酎《しょうちゅう》ですからね」

「はあ……」

僕のリアクションに妙なものを感じたらしく、田中が恐る恐る訊いてきた。

「伊津さんは、地元に帰られて、蔵元の養子に入られたんですよね？」

それを聞くと、巨匠と事務の清水さんばかりでなく新人の助手まで大声で笑い出した。また巨匠がいい加減な与太話をでっちあげていたのだ。

「田中ちゃん、航平は養子先を追い出されたんだって。また写真をやるらしいから仕事があったらまわしてあげて」

田中は巨匠にかつがれていたということにようやく気がついたらしい。僕に向かって謝った。

「すいません、失礼なことを言って」

「いえ、巨匠の困った冗談には慣れていますから」

すると、田中は少し真顔になって、言った。

「伊津さんとはいつか仕事をご一緒したいと思っていたんです。機会があったらぜひお願いしたいですね」

それには単なる社交辞令とは思えない真摯《しんし》さが感じられた。その印象は巨匠も同じだったらしい。

「ついに俺も、航平なんかに乗り換えられてしまうのか」

「まさか。でも、伊津さんは人気が高いんですよ」

「ほんとか？　航平の写真なんかで若い男が勃起《ぼっき》するか？」

巨匠がいくらか本気の気配を見せて言った。

「いや、読者じゃなくて、モデルさんに人気が高いんです」

「へえ」

巨匠が不思議そうな声を出した。

「伊津さんに撮ってもらったモデルで、また伊津さんに撮ってほしいと言っている子に何人も会いました」

「どうしてだろう」

「撮られた自分の顔が好きなんだそうです」

「ほんとかい？」

巨匠が茶化すように言ったが、田中は真面目《まじめ》な口調を崩さないで応じた。

「ええ。表現は違ってましたけど、みんなそういう意味のことを口にしていました」

すると、巨匠が人を揶揄《やゆ》するときに浮かべる独特の表情で僕に言った。

「航平は読者じゃなくてモデルの方を向いて撮ってるのか」

確かにそうかもしれなかった。僕は撮ることでモデルと会話をしようとしていたのかもしれない。そうすることでしか、他人とつながることができないと思っていたようなところがあったから。

3

次の週の月曜日、岡安の仕事をするため山形県の温泉地に向かった。僕は都内の和風のラブホテルを使うのだろうと思っていたが、岡安がどうしても雪景色の中のヌードがほしいと主張したのだ。

「ずいぶん豪勢じゃないですか」

僕が冷やかすと、それくらいのサービスをしないと売れないのだと言った。しかし、旅程は二泊三日だが、実質的に撮れるのは一日半くらいのものだろう。それで一冊分の写真を撮らなくてはならない。

東京駅に行き、山形新幹線のプラットホームに上がっていくと、岡安がモデルらしい女性と話していた。中年というので、もっと齢《とし》をとっていると思っていたが、三十代に入って間がないという年齢のようだった。

近づき、はじめましてと挨拶をしようとして、すぐに、以前撮ったことのあるアダルトビデオの女優だということに気がついた。僕が独立して間もない頃だったから、四、五年前のことになる。

岡安からは木村洋子と名前を聞いていたが、かつては、確か、ユリアとだけ名乗っていたような気がする。

その当時もかなり落ち着いていたが、いまはすっかり人妻を演じてもおかしくない雰囲気を身につけている。

なんと挨拶すればいいか迷っているうちに、向こうから、お久しぶりですと挨拶されてしまった。

「伊津さんに撮っていただけるというので喜んでいるんです」

すると、岡安が、僕に挨拶を返すいとまも与えず、言った。

「ほんとなんだよ。カメラマンは君だと言うと、喜んで三日もスケジュールを空けてくれてね。ギャラは一本分しか払えないと言ったんだけど、それでいいって」

列車に乗り込み、席に落ち着いてから、僕は気になっていたことを訊ねた。

「スタイリストは別行動なの？」

「いや、いないんだ」

「いない？」

思わずびっくりした声を上げると、軽く一蹴《いっしゅう》されてしまった。

「ヘアーもメイクもスタイリストもなし。そんなところに金は使えないんだよ」

「いいんですか？」

僕が訊ねると、前に坐っていたユリアが笑いながら言った。

「なんとか自分でできるんです」

「そうなんだよ、ユリアちゃんは着物の着付けまでできるんだ」

「着物の着付けも？」

「ええ。わたし、自分で着付けができるようになりたくて教室に通ったんです」

「どうして？」

素朴な好奇心が湧《わ》いてきて訊ねた。

「あるとき、街の中華料理屋さんで昼食を食べていたんです。テーブルの上には乱雑に男性用の週刊誌やマンガ雑誌がのっていて、何の気なしにその一冊をパラパラとしたんです。そうしたら、中にわたしよりもっと年配の女の人のヌード写真集の宣伝が出ていたんです。宣伝に使われていたのは裸ではなく、下着姿の写真で、それが女性のわたしの眼から見ても不思議と色っぽかったんです。それを見て、これなら自分でもまだできるんじゃないかと思ったんです」

「まだ？」

「そのときは、もうAVの世界から引退していましたから」

「ユリアさんは、さっさと引退しちゃったんだよね」

ユリアの台詞《せりふ》を引き取るように岡安が言った。

「ええ、ＡＶがあまり向いてなかったんで」

「結婚かなにかをきっかけにして？」

「いえ……」

ユリアは答えにくそうに口を濁した。

僕はそこで質問を切り上げるつもりだったが、岡安が遠慮せず訊ねた。

「でも、男と暮らしてた？」

「まあ……でも、そのうち、また働かなくてはならなくなって」

「グラビアに活路があると思ったわけだ」

「ええ」

「でもね」

そこで、岡安は僕の方に顔を向けて言った。

「この人の凄《すご》いところは売り込みを自分でしに来たことでね」

「もう事務所に入るのはいやだったんです」

「そのときのユリアさんの売り込みの話を聞いて、そうだ、そこに商売の芽があると思ったわけよ」

「どういうこと？」

僕が訊ねると、ユリアが自分で答えてくれた。

「いろいろ考えて、主婦っぽいワンピースとか、着物とかを自前で用意して、スタイリストやヘアーやメイクの人がいなくても、ぜんぶ自分でできるようにして、知り合いの編集者さんのところを廻ったんです」

「ユリアちゃんは安上がりのうえ、中高年の男に人気が高くてね。ユリアちゃんは木村洋子と改名しているけど、木村洋子と言えば、いまや中高年のアイドルなんだよ」

ユリアはにこにこ笑っているが、否定もしていない。たぶん、さまざまなところからお呼びがかかっているのだろう。

僕はあらためて、前に坐っているユリアの顔を眺めてしまった。

駅からタクシーで三十分ほどのところに温泉街があった。

車が横づけにされたのは、みすぼらしくはないが豪華でもないという典型的な和風の温泉宿だった。庭に盆栽のように整えられた松の木が三本立っている。

着いたのは正午の少し前だったが、早すぎるなどと言われることもなく、すんなりと部屋に案内された。岡安によれば、特別にチェックインの時間を早めてもらっておいたのだという。いかにもいい加減そうだが、やるべきことはやるという編集者らしいところは持っている。

僕は部屋に荷物を置くと、旅館の内部を調べさせてもらった。

大浴場、野天風呂《のてんぶろ》、岩風呂風の家族風呂、部屋についている内風呂、箱庭のような建物まわり。そして、街とは反対方向を流れている川へと続く細い道……。もう感覚は錆《さ》びついているかと思っていたが、その場所によってどんな写真を撮ったらいいか、カットのイメージが次々と湧いてくる。僕は自分でも不思議なほど昂揚《こうよう》していることに驚いていた。

戻ってくると、さっそくユリアの部屋で撮影を始めさせてもらうことにした。

岡安が列車の中で話していた設定はとても陳腐なものだった。

主婦が不倫旅行で雪の温泉宿に来ている。最初はワンピース姿、そこから浴衣《ゆかた》に着替えて、温泉に入る。部屋に戻ると夕食が用意されていて、日本酒の盃《さかずき》を口に運ぶ。やがて、畳に敷かれた布団に入り、しだいに激しく乱れていく。次の日は着物姿から始まり、徐々にしどけなく着崩れていく。やがてふたたび布団に横たわり、官能に打ち震える姿を見せるようになる。すべてが終わり、皺《しわ》の寄った白いシーツの上からけだるそうに身を起こす。部屋の中には脱ぎ捨てられた着物が散乱している。浴衣を羽織り、温泉に入り、そのまま雪の積もる庭に出る。相手との別れを意識した哀愁を帯びた表情で立ち尽くす。そして最後は、部屋に戻り、ゆっくりと下着をつけながらワンピースを着ていく……。

しかし、僕は自分でも意外なほどその陳腐な「物語」の中に入り込み、ユリアの体を撮りつづけた。

ワンピースから浴衣に着替えるところを撮り、温泉に向かって廊下を歩くところを撮り終わると、脱衣場で浴衣を脱ぎ、湯船に片足ずつ入り、肩から胸にかけての肌に手で湯をかける、といったシーンを三つの温泉で繰り返してもらった。

ユリアの体は微かに記憶にあったものと変わっていた。ひとつひとつの部分が以前よりふっくらと丸みを帯びている。別にその痕跡《こんせき》があったわけではないが、もしかしたら出産を経験しているのではないかと思えた。だが、そうだとしても、その白い肌は、ただひたすら写真を撮っているだけのはずの僕にも、深いところからの興奮を呼び起こす、清楚《せいそ》な淫靡《いんび》さとでもいうべきものを持っていた。

翌日は新たに雪が降った。それによって少し汚れが目立っていた根雪が真っ白になり、別の土地に来たかのように新鮮な印象になった。

ユリアは岩風呂に入るシーンを撮り終わると、寒さにもめげず浴衣姿で庭に出てくれた。

ほつれた前髪に降りかかる雪のひとひら、ふたひら。寒さに肌が凍りついている。そのような写真が中高年の男性にとって本当に官能的な写真になるかどうかはわからなかったが、僕はひたすらユリアと雪を美しく撮ることに熱中した。

部屋に戻って冷えた体を暖めてもらっていると、岡安がユリアに言った。

「そろそろ喪服に着替えてもらおうかな」

「喪服？」

思わず僕は声を上げてしまった。

「不倫旅行に喪服なんか持ってくるか？」

しかし、岡安は僕の言葉を無視してユリアに言った。

「持ってきてくれているよね」

「ええ」

そのやり取りを聞いて、岡安の頭の中には、この不倫旅行の撮影に喪服姿を撮るということがセットされてあったのだということを理解した。さすがに僕は、どうして温泉宿で喪服姿にならなければならないんだと抵抗したが、岡安は喪服姿は絶対に入れなければならないと主張して折れなかった。

「これまでの流れの中に入れるのは難しいんじゃないかな、唐突すぎて」

「いいの、いいの。この写真集に使えなかったら、別に使う方法はいくらもあるから」

ユリアは自分の部屋で手早く着物の喪服に着替えてくると、さまざまなポーズを取ってくれた。立ち姿のまま徐々に裾《すそ》を割り、畳に横座わりになって足を出し、うしろ手をついて立て膝《ひざ》をし、下着をつけていない内股《うちまた》をあらわにする。

僕は、そうした、かつてどこかで見たような、まったくオリジナリティーのないポーズを取ってもらいながら、間違いなく官能的な写真が撮れている、という実感を得ることができた。男たちが、妄想の中で喪服姿の女性に抱くねじれた欲望が、僕の内部にもあるのかもしれないという奇妙さを覚えながら。

しかし、その既視感が、喪服姿のユリアを撮りながら僕を過去の記憶の中に送り込んだのかもしれない。

僕は母のことを思い出していたのだ。

母が僕を産んだのは二十四歳のときだったという。父が死んだのは僕が十二のときだった。だとすれば、母が喪服を着たのは、もしかしたら、このユリアの年齢とそう大きく違わなかった頃ということになるかもしれない。

そのとき、喪服を着ていた母がどんな思いだったのだろうという疑問が湧いてきた。母は、中学一年生の息子を残して夫に早死にされた未亡人、というだけではなかったのだ。その夫は勤め先の金を使い込んで自殺していた。いや、そればかりか、外にもうひとつの家庭を持っていた。そうした状況の中で、喪主として喪服を着なくてはならなかった母親に、どのような思いが渦巻いていたのだろう……。

眼の前で、胸をはだけたユリアの喪服姿が、危うく母の喪服姿と重なり合いかけて、僕はそれを振り払うためファインダーからいったん眼をはずし、深く息を吸い込んだ。

午後六時前にすべての撮影が終った。

夕食のあと、帳場の横にある安直な造りのバー・カウンターで酒を飲むことになった。

ユリアはそれまで、演技として盃を口に運んではいたが、まったく飲まなかった。

しかし、打ち上げという雰囲気となったそのバーでは、ハードリカーのオンザロックをニコニコしながら飲みつづけた。

そこで僕は、初めてユリアを撮影したときのことを訊《たず》ねた。

「ユリアさんを撮ったのは南の島だったよね」

それはなんとなく覚えていたのだ。

「ええ、沖縄で撮っていただいたんです。あれが初めての沖縄でした。というか、南の島に行くのが初めてでした。きれいな海で写真を撮ってもらえるなんて、とても幸せでした」

そんなことに素朴な喜びを感じてくれていたのだ。

「事務所の人には水着のあとをつけないでくれと言われていましたけど、そんなこと気にしていられませんでした」

「確かに、AVに水着のあとがついている女優が出てくると、なんとなくシラけちゃうからなあ」

岡安が言った。

「そうらしいんですよね。でも、撮影が少し早く終わったんで、伊津さんがサーフィンを教えてくれたんです」

そう言えば、そんなことをしたかもしれない。

「あんな楽しい撮影は、あれが初めてでした」

ユリアの声が弾んでいる。

「雑誌に載った写真もきれいだったし……いつかお礼を言おうと思っていたんですけど……機会がなくて」

それはよかった。そして、ありがとう。僕はユリアに向かって軽くグラスを掲げるようにしてから酒を飲んだ。

「あれで引退しようという決心がついたんです」

「AVを？」

岡安が訊いた。

「ええ」

「よく、すっぱり足を洗えたね」

岡安が言うと、ユリアがくすりと笑いながら付け加えた。

「AVは足を洗えたんですけど、今度はもっとつまらないものに足を取られてしまって」

「男？」

「まあ、そんなところです」

そう言われれば、柔らかそうな表情の奥に微かな翳《かげ》のようなものが感じられないことはない。

「そうだ、明日はどうする？　少しゆっくりしていく？」

急に岡安が思い出したように言い出した。基本的には必要なカットは撮れている。予備的に考えていた三日目の午前に撮影する必要はなくなっていた。

「もう充分に撮れているけど、どうします？」

僕もユリアに訊ねた。

「もし、撮影がないなら、朝食後に帰ります」

「午後に仕事でも入ってるの？」

岡安が訊ねた。

「いいえ、子供を引き取りにいかなければならないんで」

「子供？」

「ええ」

「子供がいるの！」

岡安が驚いたように言ったが、僕はやはりそうだったかと思っただけだった。

「いくつ」

「四つです」

「旦那《だんな》は？」

「別れたので……」

「それじゃあ、早く帰ってあげなくちゃ」

「大丈夫です。きちんと見てくれる人がいるんで」

「男の子、女の子、どっち？」

「男の子です」

それを聞いて、僕はふと訊ねてみたくなった。

「かわいい？」

「もちろん、それは」

「邪魔に思うことはない？」

僕の言葉に、ユリアは意外そうに訊き返してきた。

「邪魔、ですか？」

「この子を手放して、もっと女として自由に生きてみたいなんて思うことはない？」

すると、ユリアは少し強すぎるように感じられるほどきっぱりと否定した。

「ありません」

「そう」

「息子が、生きがいですから」

「それが普通なんだろうな……」

僕が母のことを念頭に置いてつぶやくと、岡安が冷やかすように言った。

「口説いてんの？」

「いや、そうじゃないんだ」

母のことは頭からすっぱりと排除しているつもりだったが、ユリアの喪服姿を撮っているうちにフラッシュバックのように思い出されてきた。そして、ユリアの言葉を聞いているうちに、母はどうして僕を置いて男と出ていくことができたのだろうという疑問が強くなってきたのだ。東京から祖父母の家に引っ越して一年もしないうちにトラックの運転手と駆け落ちしてしまった。

男がそんなに魅力的だったのだろうか。それとも僕を憎んでいたのだろうか。別の所にもうひとつの家庭を持ち、立ち行かなくなると勤め先の金を使い込み、勝手に自殺してしまった夫。その憎むべき男の子供として僕を憎んでいたのだろうか。

僕はユリアの意見を聞いてみたくなった。まず、父の自殺の理由を曖昧《あいまい》にしたまま、母が十三歳の僕を残して男と出奔《しゅっぽん》したことを話してから、ユリアに訊ねた。

「どうして、十三歳の僕を祖父母の元に残して男とどこかに行くことができたんだろう」

「若かったんだと思います」

「若気の至りとか、そういうやつ？」

「いえ、もうひとつの人生を生きてみようと思うほど若かったんだと思います」

「でも、ユリアさんは、そのときの母よりもっと若いだろうけど、もうひとつの人生を生きてみようなんて思う？」

「思いません」

静かだが決然とした口調で言った。

「そうだろうな。それが普通のような気もするけど」

「きっと、伊津さんのお母様は、伊津さんなら自分がいなくても生きていける男の子に育つと信じていたんじゃないでしょうか」

それは答えになっていないような気もする。

しかし、そのとき、ふと思い出したことがあった。母が家を出る数日前、急に僕の機嫌を取るような物言いになったことがいやで、黙って自分の部屋に行こうとすると、鋭い口調で呼び止められた。

「ちょっと待ちなさい！　航平はどうしてそんな眼で見るの？」

自分がどんな眼をしていたのかよくわからなかった僕は、返事もせずに二階に上がっていってしまった。

あのとき、僕はどんな眼で母を見ていたのだろう。死んだ父が根深い屈託を抱えている様子にまったく気がつかなかった母。いや、気がつこうとしなかった母。僕ですらわかっていたのにどうしてと思っていたような気がする。僕は母に冷たい視線を向けていたのかもしれない。母は常にその視線を感じつづけていた。そして、僕の拒絶を常に意識しつづけていた。もしかしたら、母が僕を棄《す》てたのではなく、僕がすでに母を棄てていたのかもしれない……。

「でも……お母様は……会いたいと思ってらっしゃるでしょうね」

ユリアはまるでそれが自分の子供のことのような思いのこもった口調でつぶやいた。

「きっと、どこかで、伊津さんの撮る写真をご覧になっていらっしゃいますよ」

そんなことを考えたこともなかった。しかし、その言葉に導かれるようにして、僕が撮った写真を見ている母の姿を想像した瞬間、異様な衝撃を受けた。母の顔は依然として別れたときのままの若いものだ。その母が、なぜか日本の辺境の地のようなところにいて、僕の撮った女の裸の写真を見ている……。

温泉宿のバーでの夜が更《ふ》けてきた。バーテンをしてくれていた宿の番頭から、そろそろ片付けさせてもらえないかと言われ、お開きにすることにした。

それぞれの部屋に引き上げる廊下で、ユリアが改まった口調で僕に礼を述べた。

「ありがとうございました」

それだけだったら、ごく普通の社交辞令というだけのことで、記憶するほどのこともなかったかもしれない。しかし、ユリアは、そのあとで、こう付け加えたのだ。

「とてもいい記念になりました」

そのときも、少し気にならないわけではなかった。だが、そのまま、互いの部屋に入ってしまった。そのとき、もう少し、その言葉がどういう意味なのかということに関心を向けていれば……。

いや、どうにもならなかっただろう。彼女はすでに心を決めていたのだろうから。

4

翌日の夕方近く、山形から帰って三軒茶屋の吉崎の部屋に戻ると、テーブルの上にメモが残されていた。巨匠の事務所に電話をするようにという連絡が清水さんからあったらしい。

電話をすると、清水さんが言った。

「先日事務所で会った栄光社の田中さんが伊津君と連絡を取りたいと言ってたわよ」

「田中さんが？」

「仕事じゃないかな」

「それはありがたい。さっそく連絡してみます。電話番号を教えてもらえます？」

「いいわよ」

清水さんは電話口で電話番号を読み上げてくれたあとで、こう付け加えた。

「巨匠がね、もし伊津君が必要なら、うちを連絡先にしてもいいって言ってたけど」

「そんなこと、いいんですか？」

「別にあなたのマネージメントくらいなら、わたしがコーヒーを一杯飲む時間を削ればできるわよ、きっと」

僕は礼を言って、お願いすることにした。

その田中とは男性週刊誌のグラビアで「人気AV女優ベスト5」という仕事をすることになった。どうやら誰かのピンチヒッターのようだったが、こちらはそんなことに拘泥《こうでい》する理由がなかった。新年の二号目に載せるために大車輪で撮ったが、そのスピード感はなかなか悪くなかった。しかも、その仕事が帰国を知らせる「告知」の役割を果たしてくれたらしい。僕が仕事に復帰したことを知った編集者から、巨匠の事務所を経由して意外なほど多くの注文が舞い込んできた。

そんなふうにして以前とあまり変わらない日常が再開されることになった。

喫茶店や会議室で仕事の打ち合わせをし、ロケハンをする。撮影をして、現像所から写真が上がってくると、編集者とデザイナーをまじえたレイアウトの会議をする。そうしたことの繰り返しだったが、仕事を始めれば、それはそれで面白く、瞬《また》く間に二カ月が過ぎていた。

しかし、暮らしていたのは、依然として吉崎の部屋だった。部屋を借りられるだけの金はすぐ貯《た》まったが、できるだけ多くの金をマカオに持っていきたかった。そこで、吉崎には悪かったが、部屋に居坐《いすわ》らせてもらうことにしたのだ。

吉崎には妙に寂しがりやの面があり、僕がいることを迷惑がらなかった。暗室を片付け、布団《ふとん》を敷けるだけのスペースを作ると、吉崎はそちらを自分の寝室にしてくれた。

すまないと謝ると、笑いながらこう言った。

「帰ると家に誰かがいるって、いいんですよね」

「それなら誰かと結婚すればいいだろ」

僕が苦笑して言うと、つまらなそうに言った。

「面倒じゃないですか」

恋人のような存在はいるようだった。ときおり夜明け近くに帰ってくることがあったが、決して泊まってはこなかった。吉崎の言う「面倒」なことになるのを避けているのかもしれなかった。

できるだけ考えないようにしていたが、ふとマカオにいる劉さんと李蘭がどうやって生活しているか心配になることがあった。どうしているだろう。やはり、李蘭がリスボアでの仕事に復帰することでしか金を作る方法はないのかもしれない。できれば、李蘭がイリーナなどの知り合いに金を借りて切り抜けていてほしいと思うが、それが希望的観測にすぎないことはわかっていた。

早く金を作ってマカオに行かなければ、と焦《あせ》るような気持が生まれることもあった。だが、仕事に追われるようになって、それが間遠《まどお》になった……。

（第3部　銀河編に続く）

波《なみ》の音《おと》が消《き》えるまで
第2部　雷鳴編

新潮文庫　さ－7－24

平成二十九年八月一日発行

著者　沢《さわ》木《き》耕《こう》太《た》郎《ろう》
発行者　佐藤隆信
発行所　株式会社新潮社
郵便番号　一六二―八七一一
東京都新宿区矢来町七一
電話　編集部(〇三)三二六六―五四四〇
読者係(〇三)三二六六―五一一一
http://www.shinchosha.co.jp

価格はカバーに表示してあります。

乱丁・落丁本は、ご面倒ですが小社読者係宛ご送付ください。送料小社負担にてお取替えいたします。

印刷・錦明印刷株式会社　製本・錦明印刷株式会社

ISBN978-4-10-123524-0 C0193